4F SOCIAL NOVEL

MODERN SQUAW

PIOTR STRĄK

novaeres
WYDAWNICTWO INNOWACYJNE

REDAKCJA: Magdalena Hinz
KOREKTA: Alicja Laskowska
OKŁADKA: Paulina Radomska-Skierkowska
SKŁAD: Magdalena Hinz
DRUK I OPRAWA: Elpil

Wydanie pierwsze
ISBN 978-83-7722-613-1

NOVAE RES – WYDAWNICTWO INNOWACYJNE
al. Zwycięstwa 96/98, 81-451 Gdynia
tel.: 58 698 21 61
e-mail: *sekretariat@novaeres.pl*
http:/novaeres.pl

Publikacja dostępna jest w księgarni internetowej *zaczytani.pl*.

Wydawnictwo Novae Res jest partnerem
Pomorskiego Parku Naukowo-Technologicznego w Gdyni.

Pomorski Park Naukowo-Technologiczny

1. Czarny Kapturek

Niestworzone historie chodzą po ludziach, czego dowodzi przypadek Czarnego Kapturka. Działo się to w okolicznościach możliwie odległych od normalności. W świecie, o którym księżniczki z niezagrożonych pożarem teatrów życia i ludzie słusznej profesji o zbilansowanym budżecie domowym nie mają pojęcia. Otóż przytrafić się może niekiedy, że w samym środku lasu kończy się benzyna. Kończy się mimo silnej wiary kierowcy w jej wystarczalność. Dzieje się to w przeszłości, ale nieodległej, więc rozwiązaniem tej kłopotliwej sytuacji mogłoby być wykonanie jednego telefonu z komórki. Nic z tego. Nie ma nic na koncie. W dodatku jest już po zmroku, a samochodem podróżuje w pojedynkę. Przychodzą jej do głowy najczarniejsze myśli.

Matka jej powtarzała: „Zatankuj się, bo ci nie wystarczy, nie wierz wskaźnikowi paliwa, jest zepsuty". Nie zatankowała się. Postanowiła zrobić to w drodze powrotnej, a za pieniądze przeznaczone na benzynę kupiła sobie trawkę. Miała ją wypalić, gdy dotrze na miejsce, ale nie była cierpliwa i pomimo powagi sytuacji wzięła się za skręcanie jointa.

„Nic się nie stanie, jak pojedziesz jutro" – radziła jej matka. „Nic się nie stanie, jak raz nie weźmie leków" – mówiła, mając na myśli jej babcię, która była bardzo stara i potrzebowała bardzo dużo leków, bo chciała być jeszcze starsza, a nie dlatego, że chciała je przedawkować, o co martwiła się czasem jej córka.

Poza pastylkami, kroplami i proszkami typowymi dla seniorów babcia zgłaszała swojej wnuczce zapotrzebowanie na „coś mocniejszego", na przykład ekstazy. „Nic się nie stanie, jak raz spróbuję" – mówiła.

Szczerość w relacji, która łączyła ją z wnuczką, burzyła bariery wiekowe i stanowiła podstawę obopólnych zwierzeń. Stąd też babcia wiedziała, w jakich kręgach wnuczka się obraca. Z otwartością przyjmowała jej opowieści o różnych nowoczesnych środkach chemicznych, które zmieniają sposób postrzegania świata. Sama dzieliła się z nią ludowymi sposobami na egzystencjalną szarówkę. Nie była to babcia szablonowa. Interesowała się zielarstwem i okultyzmem. Miała szklaną kulę i kolekcję amuletów. W jej ogródku rosły lulek czarny, pokrzyk wilczej jagody, bieluń, a zeszłego lata również konopie zasadzone przez Czarnego Kapturka, jak nazywała swoją wnuczkę, ze względu na jej silne przywiązanie do znoszonej czarnej bluzy z kapturem.

Wyszła z samochodu, wypuszczając z ust dym i zaciągając się chłodnym tchnieniem nocy. Gwiazdy na bezchmurnym niebie świeciły o wiele mocniej niż w mieście. Przez jej ciało przemknął przejmujący dreszcz. Zarzuciła na głowę kaptur i zapaliła papierosa, delektując się urokiem chwili, ale jednocześnie zdając sobie sprawę z tego, że powinna podjąć jakieś kroki. Całkiem pewne było to, że kiedyś jakiś samochód tędy przejedzie. „Kiedyś" było jednak daleko. „Nigdy" było blisko. Droga prowadziła wyłącznie do domu jej babci, która nie mogła narzekać na częste odwiedziny istot z odległej o dziesiątki kilometrów cywilizacji.

Wydawało się jej, że usłyszała szelest gałęzi. Obejrzała się za siebie, chcąc namierzyć źródło niepokojących odgłosów i zatrzymując równocześnie nadzieję, że to tylko spowodowana trawką przejściowa paranoja. Nie widziała nic podejrzanego i już miała o wszystkim zapomnieć, kiedy zza krzaków wynurzył się jak najbardziej realny wilk. Patrzył na nią spokojnym wzrokiem. Nie szczerzył kłów, nie warczał i nie zdradzał wobec Czarnego Kapturka cienia złych zamiarów.

Dawniej człowiek polegał na instynkcie. Odkąd jednak wywyższył się nad inne zwierzęta i wybudował swoją monumentalną norę nazywaną cywilizacją, nie ufa już instynktowi, ale stereotypom. Ze stereotypem w sercu nikt nam nie wmówi, że czarne nie różni się od białego albo na odwrót. Poza uprzedzeniami rasowymi i religijnymi, seksizmem, homofobią, sprowadzającymi się do tego, że człowiek bywa człowiekowi wilkiem, zdarzają się też stereotypy zakorzenione w fikcji literackiej. Zniekształcają one percepcję rzeczywistości, nadając jej nierzadko cechy fantastyczne. Czasem wilk człowiekowi nie tyle wilkiem, co na przykład katalizatorem wilkołactwa, przenoszonego drogą ukąszenia, co przedstawione zostało w niejednym filmie i w niejednej książce.

Człowiek kulturalny, za jakiego Czarny Kapturek się uważał, stereotypy powinien zasadniczo zwalczać. Po wymianie poprawnie przyjaznych spojrzeń stłumił wszelkie objawy ksenofobii i nieuzasadnionego lęku przed wilkiem. Nawet jak go wilk jedynie ugryzie, a nie śmiertelnie zmasakruje, Czarny Kapturek nie przemieni się w wilkołaka.

Bezgłośnie i niespodziewanie na jezdni pojawił się niezidentyfikowany obiekt szybkobieżny. Coś jakby samochód, ale samochodu nieprzypominający. Pojazd poruszał się z prędkością zawrotnie niebezpieczną, dzięki której doszło do szczęścia w nieszczęściu.

W ostatniej chwili wilk próbował odskoczyć, co zapobiegło czołowemu zderzeniu, ale jednocześnie nakierowało jego podbrzusze wprost na wychodzący z boku grilla szpikulec. Ugodzone z wielkim impetem zwierzę, zanim upadło na jezdnię, wykonało w powietrzu dwa obroty. Z pojazdu wyszły istoty w liczbie niezliczenie mnogiej. Może było ich trzy, może cztery, a może więcej. Dziewczyna niczego nie była pewna, poza niemiłosierną mocą wypalonego zioła. Istoty wyjęły wypchane Bóg wie czym foliowe worki, aby zostawić je na poboczu i odjechać, nie przejmując się zupełnie wyrządzonym krzywdami.

Czarny Kapturek dopiero gdy podszedł bliżej, zrozumiał, że to nie wilk, a wilczyca, o czym świadczyły dwa nienarodzone szczeniaki wydobywające się z jej rozerwanego niefortunnie brzucha. Matka wyglądała na nieżywą, małe zresztą też. Z foliowych toreb zostawionych przez morderców wilczej rodziny wypływała zielonkawa, fluorescencyjna ciecz. Rozlewająca się u stóp Czarnego Kapturka kałuża odwróciła jego uwagę od tragedii, która rozegrała się przed chwilą.

Aby oszczędzić trampki przed powodzią niezidentyfikowanego płynu, dziewczyna zrobiła krok do tyłu. Świetlista plazma przypominająca jasnozielony płyn, który wypełnia wabiki na ryby, pełzała zgodnie z pochyłością asfaltu, zbliżając się do ciała umarłej wilczycy.

Nagle jeden z wilczków się poruszył. Żył – nie sposób było pomyśleć inaczej. Żył i prosił Czarnego Kapturka o życia ciąg dalszy. Zostawiony tu na pastwę losu nie miałby szans na przetrwanie.

Zielona plazma dotarła już do ciała wilczycy, zapalając jej oczy zgodnie ze swoją butelkową barwą. Chwilę później wilczek otworzył swoje odziedziczone po zeszłej matce, jaskrawozielone ślepia.

Podobno osobnikom zielonookim brakuje miłości. Tego stereotypu Czarny Kapturek nie zwalczał.

Miłosiernie wziął wilczego wcześniaka na ręce, niczym matka tuląca po raz pierwszy swoje dziecko. Czuł bicie jego malutkiego serca.

Strach o własne życie przyćmiony został troską o maleństwo. Dziewczyna nie mogła się bez niego ruszyć, a skoro ruszyć się była zobowiązana, wzięła je ze sobą, pakując do koszyka, w którym poza lekami znajdowało się też coś nielegalnego, a także coś spożywczego. Miotający się wilczek, szukając matczynej piersi, zassał palec Czarnego Kapturka, zmoczony wcześniej skondensowanym mleczkiem do kawy. Wkrótce dziewczyna poczuła uścisk malutkiej szczęki. Tyci, tyci ząbki przebiły skórę. Raptownie wycofała palec. Kropla krwi spadła bezszelestnie na dywan z mchu i leśnych bylin. Zakręciło się jej w głowie.

Nie tracąc czasu, szła w kierunku babcinej gospody. Przyświecała jej mała, ale mocna żarówka w wielofunkcyjnym, mobilnym urządzeniu, które służyć mogło również jako mp3 player, notatnik, aparat, kamera i – gdy wyjątkowo konto było doładowane – jako telefon.

Panująca wówczas sroga jesień grubą kreską oddzieliła się od przeszłego już lata. Deszcze, mgliste poranki, chłodne wieczory oraz inne szykany składały się na terror zimnej wojny, jaką jesień wypowiedziała wszystkim wokół, którzy wychodząc ze słonecznego opętania, wpadali wprost w jej objęcia. Powietrze było wilgotne, mech był śliski, a Czarny Kapturek z wilczkiem w koszyku trzykrotnie się przewrócił.

Ze trzydzieści razy z hakiem odmienił się księżyc złoty, odkąd dziewczyna zrobiła w lesie pamiętne ognisko. Na polanie, którą teraz przemierzała, ogrzewając się ciepłem wspomnień, stały namioty. Kamienny krąg wskazywał dawne miejsce paleniska. Zlecieli się jej znajomi ze szkoły, pojawiła się też babcia. Nie mogła znieść hałasu, więc wtargnęła interwencyjnie. Nastawienie babcine, początkowo nieprzychylne, szybko obróciło się w fascynację nieznanym jej światem, w którym muzyka była głośniejsza od myśli, a wieczność mierzono długością skręta. No i weszła pomiędzy te pstrokate chwasty młodzieży, chłonąc opary wzniosłego nonsensu, którym spowite było co drugie zdanie, traktujące o czymś pomiędzy absolutną wolnością a usprawiedliwioną nieobecnością. Była też mowa o rewolucji, która nadeszła, ale sobie poszła i nie wiadomo, kiedy wróci, jeżeli nie przemówi przechodzący subkulturalną mutację, rozgniewany głos pokolenia. Wtedy ją lepiej poznała.

Była poetką, co zademonstrowała niedługo po swoim pierwszym zaciągnięciu się trawką. Powiedzieć wówczas miała: „Rzecz mniej pospolita, kiedy lufka nabita", z dumą prezentując nabitą własnoręcznie lufkę. Czarny Kapturek nie mógł wiedzieć na pewno, czy powyższe motto wyszło z ust jego babci, bo sam był wtedy zobaczyć krzaki, w których jeszcze go nie było. Po powrocie znalazł babcię w samym środku porywającego monologu o tym, że wszystko, co naturalne, jest wyjątkowe i niepowtarzalne, w przeciwieństwie do wytworów cywilizacji.

Babcia była znawcą polityki. Bardzo się nią emocjonowała. Kiedy tylko zobaczyła, że na ekran odbiornika wstępuje Ten o wilczym spojrzeniu, zamykała oczy i popuszczała wodze swoich najśmielszych fantazji, niezdolna je opanować.

Była też znawcą kina. Nie miała wątpliwości, że Ten o wilczym spojrzeniu, który przypomina tego z *Mechanicznej pomarańczy*, powinien wystąpić w tym filmie, gdzie każdy gra kogoś innego i nie wiadomo, o co konkretnie chodzi.

„Cześć, babciu" – brzmiało niezmiennie konwencjonalne powitanie Czarnego Kapturka, na które bardziej oryginalna babcia odpowiadała: „Ile?", bo to nie była babcia, tylko babkomat, jak samą siebie pogardliwie tytułowała. Bo babcia swoje przeżyła i mniej więcej wiedziała, o co chodzi. Czasem nie znała tylko szczegółów.

„Cześć, babciu" – powtarzał Czarny Kapturek, mijając się z kolejnymi pozującymi do mrocznego pejzażu drzewami i poczuciem własnej godności. Chciał zabrzmieć jak najmniej interesownie. Właściwie to obyłby się bez babcinej darowizny. Właściwie wystarczyłby zwrot pieniędzy za benzynę i medykamenty, ale przecież Kapturek robił to nie tylko dla siebie, ale też dla babci. Żeby poczuła się potrzebna. Żeby uwierzyła, że jej życie coś znaczy. „Babciu, dzięki mnie możesz być lepszym człowiekiem".

Babcia stroniła od miasta, ale nie dlatego, że w miastach było dużo ludzi. Do nich nic nie miała. Lubiła ludzi, chociaż nie wszystkich.

Mawiała, że w miastach mieszkają głównie pieniądze, drobne i grubsze, wirtualne i namacalne, w banknotach, monetach, w portmonetkach i portfelach, którymi podróżowały ulicami, niesione przez oddanych im do reszty, nakręcanych rządzą posiadania ludzi.

Za takimi ludźmi babcia nie przepadała. Dlatego wyjechała do Kanady i zamieszkała w najmniej zaludnionym skrawku Kolumbii Brytyjskiej, aby swoją codzienność złożyć u stóp góry Black Tusk, na której ponoć spowił gniazdo mityczny Ptak Grzmot. Tutaj miała spokój i ciszę. Tutaj chciała dokonać żywota. Z dala od ulicznego zgiełku i spalinowego smogu. Kameralnie. Żartowała czasem, nikogo zbytnio nie śmiesząc, że nie chce odchodzić z hukiem, woli z grzmotem, w cieniu tego ósmego cudu świata, czarodziejskiej góry, która kształtem przypomina wilczy kieł. Nikt z rodziny nie rozumiał poczucia humoru babci. Nikt z wyjątkiem ulubionej wnuczki. Tylko ona miała odwagę się zaśmiać, gdy wszyscy wokół zajęci byli zmienianiem tematu.

Wnuczka była już blisko. Przez gąszcz zarośli prześwitywała stara, spróchniała chata. W oknie ćmiła się żarówka na wyczerpaniu. Jeszcze jedna próba, ostateczna: „Cześć, babciu" – wyrecytował Czarny Kapturek, wyjmując z koszyka wilczka, który najbliższą noc spędzić miał na ganku, w spreparowanym naprędce ze szmat i gazet, poniewierających się tu i ówdzie, posłaniu. Drzwi były jak zawsze otwarte. Już dziewczyna miała pociągnąć za klamkę, kiedy dobiegło do niej znajome, rytmiczne tykanie. Zegar ścienny na co dzień zawieszony w kuchni leżał teraz przed gankiem, oparty o fasadę. Różnie sytuację tę sobie tłumaczyła. Bardziej jednak od umiejscowienia zegara zdziwiła ją wyczytana z tarczy godzina. Było nieludzko późno, co zmieniało postać rzeczy, dezaktualizując koncepcję jednoosobowego komitetu powitalnego, która do reszty pochłonęła Czarnego Kapturka. Jutro było dzisiaj.

W powyższych okolicznościach Czarnemu Kapturkowi nie pozostawało nic innego, jak przemknąć po cichu na piętro i położyć się spać. Po drodze mógłby ewentualnie coś przegryźć i skombinować mleko dla wilczka. Cichaczem wślizgnął się więc do kuchni. Nie zapalił światła, zadowalając się tym, które wydobywało się z otwartej lodówki. Wyjął butelkę z mlekiem, odkręcił, powąchał i stwierdziwszy, że jest w porządku, skierował się ku szafce z garczkami, w związku z bardziej złożonym przedsięwzięciem podgrzania mleka na gazie. Potrzebował jeszcze zapałek i jakiejś miski.

Gdyby obok na krześle posadzony był nieboszczyk, na pewno zostałby wybudzony hałasem wywołanym przez dziewczynę, która nie dość, że wrzasnęła wniebogłosy, to upuściła jeszcze trzymane w rękach naczynia. Osoba okupująca taboret nie była jednak zmarłym, ani nawet śpiącym.

– Cześć, babciu… – mechanicznie wyrzuciła z siebie wnusia, która wyglądała, jakby przed chwilą zobaczyła ducha.

– Cześć, wnusiu.

– Babciu, a czemu ty jeszcze nie w łóżku?

– Weź mnie nie denerwuj! Łóżko mi się źle kojarzy: albo z małżeństwem, albo ze szpitalem. A małżeństwo mi się kojarzy z rozwodem, a szpital ze śmiercią.

– Nie jesteś śpiąca?

– Wyśpię się po śmierci. Masz to, o co cię prosiłam?

– Mam.

– To daj.

– Ale dzisiaj jest już za późno, nie będziesz mogła spać.

– Jutro będzie za późno. Dzisiaj jest pełnia.

– Za późno na co? Dobrze się czujesz? Czemu wyniosłaś zegar przed dom?

– Denerwował mnie. Rano go wniosę, ale w nocy zdzierżyć tego tykania nie mogę. Diabelski mechanizm… Myśli, że może rozliczać mnie z każdego oddechu. Zresztą ci, co nie liczą czasu, są podobno szczęśliwi, czyż nie?

– Nie. Trochę pomieszałaś…

– Dasz mi to?

– Babciu, wszystko w porządku?

Nie odpowiedziała. Wywróciła tylko oczami i westchnęła. Czarny Kapturek, wychowany w posłuszeństwie wobec starszych, wypełnił babciną prośbę, kładąc na stole różową tabletkę. To nic, że babcia odwrócona była tyłem. Jej wyostrzony zapewne przez pełnię zmysł słuchu momentalnie wychwycił odgłos upadającej na blat pastylki. Podeszła raptownie do stołu, śląc swojej wnusi dowodzące wdzięczności spojrzenia, usiadła na krześle i przykryła dłonią różowy krążek, który za chwilę miała pochłonąć.

– Mogę przegryźć?

– Nie przegryzaj.

– Przegryzłam. Gorzka.

– Mówiłam, nie przegryzaj. Pastylki są gorzkie właśnie dlatego, żeby ich nie przegryzać.

– Jakbyś słyszała jakieś krzyki z mojego pokoju, to nie zwracaj na nie uwagi. Czasem lubię sobie pokrzyczeć przez sen.

– Nie uśniesz tak łatwo. Może ci się wydawać, że śnisz, ale to nie będzie sen.

– Nieważne. Ale jakbyś słyszała jakieś krzyki... to nie przeszkadzaj. Weź sobie coś poczytaj. Jeszcze jedno. Raz w miesiącu przyjeżdża tu listonosz. Powinien był przyjechać wczoraj, ale nie przyjechał. Jakby się pojawił, a ja bym jeszcze spała, to przekaż mu ten list (wskazała na kopertę leżącą na kredensie). A teraz do łóżka.

Wnusia, wziąwszy sobie do serca zalecenia babci, skierowała się na piętro, do pokoju nazywanego biblioteką, gdzie zazwyczaj sypiała. Gdy była już na schodach, przypomniała sobie o głodnym wilczku. Wróciła więc do kuchni, a chwilę później na ganek. Barłóg ze szmat świecił pustką. Dziewczyna mimo to zostawiła miskę z mlekiem przed drzwiami. Pałętała się jeszcze chwilę po ogrodzie, nadstawiając uszu i rozglądając się za małym zbiegiem. Bezowocnie. Znajda zaginęła, z czym trudno było się dziewczynie pogodzić. Żeby było jej łatwiej, zapaliła to, co jej zostało.

Czasem zdarza się, że księżyc wydaje się czerwony, chociaż taki naprawdę nie jest. Czasem wydawać się może, że jest biały, ale to też nieprawda. Czasem zdaje się, że coś słychać, jakiś głos. Często jest to głos znajomy, bo nawet jeżeli wyimaginowany, to na wzór głosów zasłyszanych, przybranych w twarze i okoliczności. Nie sposób zamknąć oczy i wyobrazić sobie nigdy wcześniej nie widzianą twarz. Można co najwyżej w atelier naszej wyobraźni spreparować „nową" twarz z elementów twarzy wcześniej napotkanych. Takie już są odwieczne prawa paranoi, której łagodną postać niektórzy nazywają kreatywnością. W świecie bez cudów kreatywność bierze się z przetwarzania i syntezy, a nie z powietrza czy kapelusza, o ile wcześniej czegoś do tego kapelusza mniej lub bardziej świadomie nie napchaliśmy.

Brzmienie głosu wprawiało ciało dziewczyny w drżenie. Głos elektryzujący, o twarzy szlachetnie kobiecej, delikatnej, uwolnionej od zniekształcającego piętna czasu. Głos o mocy stada galopujących po miejskim bruku koni, przyozdobionych nagością kobiecego ciała. Głos o twarzy Dessy Nevil z odległej przeszłości, zanim stała się matką dwojga i babcią trojga. Zanim została dobrotliwą babcią ulubionej wnuczki. Żadna z przesyconych namiętnością zgłosek, które docierały do Czarnego Kapturka, nie brzmiała jednak naturalnie, ale jakby wypowiadała je jakaś pretendująca aktorka dramatyczna, uwięziona z braku perspektyw w konwencji porno.

„Przeklinam… organizmy ograniczone orgazmami naszemi oraz orgazmy ograniczone organizmami naszemi, przeklinam…

Zaklinam… nadejście twoje, Rosierze, demonie ekstazy.

Uwolnij z więzienia cielesności duszę moją i pod osnową orgazmu odprowadź ją na orbitę międzygalaktycznego uniesienia. Niech wzniesie się nad niebiosa".

Tyle miał jej do powiedzenia „głos". Bez kontekstu brzmiało to raczej bełkotliwie. Dziewczyna zsunęła kaptur i wytężyła słuch w nadziei, że usłyszy coś jeszcze i zlokalizuje źródło mistycznego głosu. Nagle zdała sobie sprawę, że stoi przed uchylonym oknem od piwniczki. Przykucnąwszy, zobaczyła, jak jej babcia kładzie się na rozłożonej na posadzce płachcie niedźwiedziej skóry. Była naga, a obok niej spoczywał ciemny, podłużny przedmiot, kształtem przypominający kij baseballowy. Czarny Kapturek odszedł od okna, zostawiając za sobą wszystko, czego nie rozumiał i rozumieć nie chciał.

Gdyby zjawił się odrobinę wcześniej, miałby okazję zobaczyć, jak jego babcia przykładała domniemany kij, który w rzeczywistości był pałką obronną z paralizatorem, do dużego palca u nogi, aby sprawdzić, czy baterie są wystarczająco rozładowane. Porażenie przy pełnym naładowaniu mogłoby być niebezpieczne, trudne do zniesienia i ogólnie nieprzyjemne, czyli mijające się z celem.

Gdyby Czarny Kapturek został trochę dłużej przed piwnicznym oknem, widziałby, jak pałka obronna z paralizatorem w końcówce (od samego zakupu niezgodnie ze swoim przeznaczeniem używana) zgłębia babcine łono. Czarny Kapturek przegapił i tę okazję. Z oddali słyszał jedynie ekstatyczne okrzyki, towarzyszące przekraczającym jego wyobrażenie nieprzyzwoitości bachanaliom.

Gdyby dziadek to widział… w grobie by się przewracał, gdyby nie to, że pewnie smażył się teraz gdzieś na plaży, gdzieś na wschodnim albo zachodnim wybrzeżu. Dziadek żył i nie miał się źle, z tego, co było dziewczynie wiadomo. Bez babci mógł się czuć tylko źle. Właściwie to powinien to widzieć. On, a nie ona, niczemu niewinna wnuczka, bo to on w dużej mierze był odpowiedzialny za to, co się z nią działo, i on powinien wziąć odpowiedzialność za to, co się z nią zaraz stać może.

Dogłębnie zniesmaczona przekroczyła próg wejściowych drzwi, wspięła się po schodach i opadła bezwładnie na łóżko, otoczone zewsząd wypełnionymi książkami regałami. Próbowała usnąć. Nie mogła. Pomyślała o nalewkach składowanych w piwniczce, ale skutki uboczne pozyskania którejś z nalewek przerosłyby pewnie soporyficzne działanie trunku. Ostatecznie podążając za radą babci, sięgnęła po coś do czytania. Selekcja lektury, pozbawiona jakiejkolwiek metodyki, doprowadziła ją do książki pod tytułem *Pianola*, napisanej przez jakiegoś Niemca. Zanim zdążyła przeczytać pierwsze zdanie, jej uwaga została rozproszona zapisaną odręcznie na marginesie notką.

„Prometeuszu, odbierz ludziom ogień, zanim świat spłonie".

Dziewczyna chwilę zastanawiała się nad tym, co autor notki mógł mieć na myśli, żeby wkrótce zasnąć snem głębokim, przez którego odmęty przybył do niej wyśniony chłopiec. Chociaż nie zdradzał śladów zaniedbania, poprosił ją o coś do jedzenia. Pod powłoką markowej odzieży skrywał się głód, najbardziej zwierzęca z ludzkich potrzeb. Dziewczyna nie miała nic do jedzenia, ale do niego to nie docierało. Zdarł z niej koszulę i pochwycił drapieżnie jedną z piersi. „Mogę pogryźć?" „Nie możesz, zostaw mnie". „Pogryzłem, słodka; wiedziałem, że słodka". Wzbraniała się, jak mogła, ale chłopiec, choć niepozorny, dysponował nieodpartą siłą. Nie była w stanie się jej przeciwstawić.

Obudziła się zlana potem. Wpadające przez okno promienie wschodzącego słońca drażniły jej ledwo rozbudzone oczy. Chciała zasunąć zasłony albo przynajmniej obrócić się na drugi bok, ale nie mogła się poruszyć.

Srogie spojrzenie ubóstwianego przez babcię Roda Zimmera śledziło z fotografii zawieszonej na ścianie jej kamienny bezruch. Na domiar sennego paraliżu dopadł ją tak zwany dusiołek, czyli niemożność kontrolowania oddechu. Czuła, jakby ktoś albo coś przygniatało jej klatkę piersiową. W pewnym momencie usłyszała dobiegający z parteru męski głos, co czyniło jej uwięzienie jeszcze straszliwszym.

Gdy bliska postradania zmysłów myślała, że tak już jej zostanie, bezwład ustąpił, a ona podnosząc się raptownie z łóżka, zrzuciła wtulonego w jej piersi wilczka. „Skąd się tu wziąłeś?" – zapytała w myślach. Zaskamlał i schował się pod łóżko. Wskoczyła w dżinsy i zbiegła po schodach. W progu drzwi stał spoglądający nerwowo na zegarek mężczyzna. Ramiona miał przepasane torbą, a w ręku kopertę, co znacznie uspokoiło dziewczynę. Spodziewała się najgorszego, a spodziewać się powinna listonosza, i oto on.

– Przyniosłem twojej babci emeryturę. Możesz ją zawołać?

– Chyba jeszcze śpi. Mam ją obudzić?

– Nie. Nie budź jej. Podpisz tylko tutaj. – Wręczył jej długopis i wskazał miejsce na podpis odbiorcy. – Przekażesz jej pieniądze, gdy wstanie. Ostatnio uskarżała się na problemy ze snem, więc nie będziemy jej budzić. To byłoby nieludzkie. Niech się wyśpi.

– Byłabym zapomniała. Mam list do wysłania – rzekł Czarny Kapturek, po czym znikł za kuchennymi drzwiami i po chwili wrócił z listem w ręce.

– List zaadresowany do Kaczyńskiego. Ciekawe… Ty go napisałaś?

– Nie.

– Wiesz, kto to jest Kaczyński?

– Nie wiem. To jakiś znajomy mojej babci?

– Znajomy twojej babci… hmm… Wpisz sobie, dziecko, w wyszukiwarkę: Ted Kaczyński.

– To ktoś znany?

– Tak.

– Dobrze, a może mnie pan podwieźć? Jakieś pięć mil stąd zostawiłam samochód; skończyła mi się benzyna.

– Tylko że ja teraz nie mam benzyny na zbyciu. Musiałabyś się wybrać na stację benzynową. Jadę do Whistler. Poczekaj. Gdzieś w południe będę wracał tą drogą i zostawię kanister z benzyną obok twojego samochodu. Pięć mil pokonasz pieszo, wlejesz benzynę i pojedziesz. Dobrze?

– Dobrze, tylko muszę panu dać jakieś pieniądze na tę benzynę. – Dziewczyna chwyciła składający się na miesięczną emeryturę plik banknotów.

– Za miesiąc na pewno tu będę i wtedy rozliczę się z twoją babcią – powiedział, lustrując dziewczynę podejrzliwym wzrokiem. Następnie pożegnał się i wyszedł.

Czarny Kapturek zszedł do piwniczki. Babcia spała.

– Może w końcu się wyśpi – powiedział sam do siebie, po czym wetknął nieprzerwanie trzymany w dłoni plik banknotów do kieszeni i wrócił na parter. Wziął wilczka na ręce i otworzył na oścież drzwi, wpuszczając do środka chłodny powiew jesiennego poranka, jednego z ostatnich poranków października, nazywanego przez niektórych indiańskim latem.

2. Kotka

Krok za krokiem zmniejszała dystans dzielący ją od samochodu. Zerkając co jakiś czas na zegarek, kontrolowała tempo, organizując czasem jakiś krótki postój, aby nie musieć później czekać przy drodze na listonosza i benzynę. Zza drzew dostrzec można było taflę skąpanego w słońcu jeziora.

Wśród jej całkiem świeżych wspomnień zachował się obraz babci tkwiącej na samym środku jeziora. Może nie była najlepszym pływakiem, ale z pewnością należała do jednych z odważniejszych. Mało kto w jej wieku odważyłby się, niesiony prądem wody, stracić grunt pod nogami, a co dopiero wypłynąć na sam środek i sterczeć tam godzinę albo dłużej. Babcia dryfowała swobodnie na plecach, wpatrując się w niebo, pływała żabką i nurkowała. Trudność sprawiało jej tylko podpływanie do brzegu. Ostateczna perspektywa powrotu na stały ląd psuła jej całą zabawę. Mówiła, że najchętniej w ogóle nie wychodziłaby z wody. W wodzie polegała tylko i wyłącznie na sobie. Żadne mechanizmy społeczne nie mogły ściągnąć jej na dno.

Czarny Kapturek był na miejscu. Kiedy rozsiadł się wygodnie w fotelu, dostrzegł skrawek papieru za wycieraczką. „Starczy ci na jakieś 50 mil. Szerokiej drogi" – informowała notka. Dziewczyna odpaliła silnik i zacisnęła dłonie na kierownicy, która, pozbawiona wspomagania, stawiała niemały opór podczas wieloetapowej operacji zawracania. Kiedy samochód był już po właściwej stronie drogi z dobrze obranym kierunkiem, dziewczyna spojrzała z troską na siedzącego za nią wilczka i stanowczo nadepnęła pedał gazu.

Nie była sama. Oprócz wilczka w samochodzie znajdował się także jej najlepszy przyjaciel z dzieciństwa, którego znalazła w „bibliotece" przyciśniętego trzema tomami encyklopedii. Tak, mowa o pierwszym powierniku typowej introwertycznej małej dziewczynki, która miewała potrzebę werbalizowania i uwieczniania wszelkich wzlotów i upadków swojej nieupierzonej egzystencji. Wszystko, co ją denerwowało, cieszyło, i generalnie wszystko, czego nie mogła wykrzyczeć na środku ulicy w samym środku nocy ani wyszeptać spowiednikowi czy szkolnemu psychologowi, prędzej czy później wylewało się na karty pamiętnika. Pierwsze sympatie, pierwsi idole, pierwsze biustonosze, pierwsze pocałunki i inne objawy bycia coraz większą dziewczynką w coraz więcej nie tylko oferującym, ale także wymagającym świecie dorosłych.

Z datą dzienną i godzinną odnotowany został między innymi pierwszy zew kobiecości. Biegła za odjeżdżającym autobusem. Nie zdążyła, ale to nieziemskie uczucie, które zrodziło się w drżeniu okolic podbrzusza i rozbiegło się dreszczem po całym ciele, kazało jej biec dalej.

Wpis ten właściwie wieńczy swoistą kronikę dojrzewania, pamiętnik nastolatki, który szczególnie w drugiej części nie różni się zbytnio od innych pamiętników pisanych przez jej rówieśniczki. Odróżniała go jedynie niechlujna forma. Rezygnacja z kaligrafii na rzecz bazgrołów zniechęcać miała przeróżnych nieproszonych gości, postronnych, wścibskich podglądaczy czy totalitarnie opiekuńczych członków rodziny. Nie mogąc opanować pisma lustrzanego, nastolatka postawiła na bazgrolenie. Kolejnym środkiem ostrożności było wywiezienie pamiętnika do domu babci, która była w porządku. Oryginalności z kolei nie sposób odmówić pierwszym wpisom niemal w całości poświęconym jednej sprawie, która oznaczona została kryptonimem „Potwór".

Czarny Kapturek zatrzymał się na stacji benzynowej. Kiedy bak samochodu był już pełny, dziewczyna postanowiła zrobić coś z pustką swojego żołądka, więc skierowała się ku przydrożnemu barowi. Zamówiła hamburgera i wzięła się za przeglądanie pamiętnika.

„Kocham moją mamę i nienawidzę, kiedy jest zła. Dzisiaj była bardzo zła, bo podobno w okolicy pokazał się Potwór. Już prawie o nim zapomniałam. Nienawidzę Potwora, ale muszę o nim pamiętać, żeby przypadkiem mnie nie porwał, tak jak kiedyś porwał moją mamę. Dlatego moja mama musi mnie uczulać i ostrzegać, a ja muszę uważać. Jutro nie będę mogła iść sama na plac zabaw, chociaż i tak mi się nie chce.

Moja mama mówiła mi kiedyś, że zanim Potwór ją porwał, podpalił jej serce. Wyobrażacie to sobie? Czasem gdy na grillu kiełbaska zajmie się ogniem, to do niczego się później nie nadaje, a co dopiero serce... To musiało boleć. Całymi dniami płomienie trawiły wnętrze mamy. Ogień zaprószony przez Potwora tylko przez niego mógł zostać opanowany. W ten sposób omotał moją mamę. Musiała do niego wracać, żeby poczuć ulgę.

Trochę tego chciała, trochę nie wiedziała, czego chce, ale ostatecznie moja mama została przez Potwora porwana. Zamieszkali razem w niezwykle ponurym domu. Był pusty. Nie było w nim nic poza iskrami szaleństwa – tak mówiła. Żeby dało się w nim zamieszkać, musieli go wyposażyć. Meblowali więc razem ten dom płonący, nadeptując na pałętające się po podłodze iskry, tak jak nadeptuje się na karaluchy. Pomimo gorliwości, z jaką mama eliminowała ogniste chochliki, jeden z nich dostał się pod osłoną nocy do jej łona, dając zaczątek mnie".

Dziewczyna wypuściła z ust ciężkie powietrze, które nagromadziło się w niej podczas czytania dwóch ostatnich zdań. Wstrzymywała wydech, jakby w obawie przed zdmuchnięciem koślawych literek. Musiała przeczytać do końca strony. Później odetchnęła trzy razy i odruchowo dotknęła opuszkiem palca wargi, co niezwłocznie wplotło w jej myśli postać babci.

Niektórzy tak mają, że usprawniają przewracanie kartek palcem zroszonym śliną. Niby jest to społecznie akceptowane, ale jako że babcia Dessa ze społeczeństwa samą siebie wykluczyła, nie miała najmniejszych powodów, by ukrywać swoje zniesmaczenie tym procederem, szczególnie jeżeli dotykał on książek przez nią szanowanych albo wręcz czczonych. Tak więc jeżeli wnusia na jej oczach dopuszczała się przelewu śliny na brzegi kartek dzieł Jana Jakuba Russo albo innego jej ulubionego apostoła szumu liści, fal i wszelkich błogości stanu naturalnego, była zobligowana zaprotestować, nie szczędząc perfidii.

– Nie rób tak. Nie śliń kartek. Nasączyłam je LSD – rzekła do wnuczki, kiedy ta nieopatrznie pośliniła kartkę na jej oczach.

Choć cała sytuacja miała miejsce całkiem dawno, Czarny Kapturek z natrętną łatwością odtwarzał każdy jej detal. Pamiętał, że kartki ślinił jeszcze namiętniej, gdy dowiedział się o LSD. Pamiętał o tym teraz, kiedy poślinił odruchowo palec, aby za chwilę powstrzymać się przed przewróceniem kolejnej strony.

– Żartowałam. Skąd niby miałabym wziąć LSD, głuptasku? Kartki nasączone są trutką na szczury – wyjaśniła babcia, patrząc, jak Czarny Kapturek rzuca książkę w kąt i dławi się wodą z kranu.

– Żartujesz, prawda?

– Nie. Tym razem to nie żart, ale metafora. Miałam na myśli te metaforyczne szczury z wyścigu szczurów, metaforycznego.

Dzik, łoś i niedźwiedź, a raczej ich odrąbane i spreparowane głowy, spoglądali na Czarnego Kapturka ze ścian przydrożnego baru. Kelnerka przyniosła hamburgera, przywracając zakapturzonemu ciału w czerni zagubioną w krainie wspomnień trzeźwość myśli. Kapturek wymienił kilka beznamiętnych spojrzeń z wypchanymi wisielcami i przystąpił do konsumpcji.

Rodzinny obiadek pod nieobecność protoplasty rodu, szczura, który u zarania epoki mlekiem i krwią płynącej wykradał dinozaurom jaja i poprzez kontrolę gadzich narodzin przyczynił się do trwającej po dziś dzień hegemonii ssaków. Mało w tych okolicach było ludzi, więc mało było też i szczurów, ale nie na skutek deratyzacji, holocaustu czy innej anihilacji, ale z przyczyn bardziej prozaicznych. Wokół było zbyt nieskazitelnie, dziewiczo, nudno. Nie było się za czym ścigać. Tylko wdrapywanie się na szczyty, łażenie po lesie, podziwianie widoków i ewentualnie rżnięcie drzewa, czym zajmowali się najpewniej zasiedlający sąsiedni stolik goście w kratkowanych flanelach. Gdyby na nogach mieli glany, a nie trapery, Czarny Kapturek mógłby wziąć ich za pogrobowców stylu Kurta Cobaina, zmierzających do swojej Mekki, Seattle.

Z ustami pełnymi rozmemłanej golonki i pospolitych przekleństw drwale zarzynali estetykę wysławiania się, która nie była obojętna innemu, oddzielonemu od drwali stolikiem Czarnego Kapturka klientowi. Zajadał się nóżkami z kurczaka, które maczał obficie w ekstrakcie z papryczek chilli. Nierozcieńczonym koncentratem pomidorowym, na własne życzenie i wbrew zaleceniom kelnerki, kęs za kęsem wysyłał swoje kubki smakowe do piekła. Bez cienia grymasu, który wstrząsał jego twarzą tylko na okoliczność kolejnego z przekleństw, jakie regularnie padały z ust drwali.

Czarny Kapturek skończył hamburgera w nie najlepszym stylu, bo upaćkał sobie bluzę dressingiem. W związku z tym zdecydował się na wizytę w łazience, gdzie zrzucił z siebie czarną bluzę z czarnym kapturkiem i gdzie nie było za bardzo jak zrobić kroku bez interakcji z jakimś śmieciem. O mało nie potknął się o przewrócony śmietnik, z którego wyskoczył zużyty kondom.

Odkąd wyrywanie muchom skrzydeł wyszło z mody, mali sadyści coraz więcej eksperymentowali. Najnowszym trendem było nawlekanie kondoma na żabę lub ropuchę. Chcąc pogodzić ludzkie odruchy z dręczącym ją od wczesnego dzieciństwa wstrętem przed żabami, dziewczyna wykonała za pomocą klucza od samochodu drobne nacięcia w lateksowej powłoce. Uduszenie podobno nie należy do najprzyjemniejszych sposobów żegnania się z tym światem.

Położyła bluzę na brzegu zlewu, szorując intensywnie ślady po dressingu. Teraz już nie była Czarnym Kapturkiem, teraz była Kitty – tak przynajmniej na podstawie emblematu Hello Kitty na podkoszulce nazwałaby ją babcia Dessa, przed którą wnuczka otworzyłaby zapewne kolejne drzwi w jej percepcji, prowadzące tym razem do slangowego znaczenia słowa „Kitty". Człowiek uczy się w końcu przez całe życie, a każde wnuczę powinno być dla swoich babć i dziadków „tym, co niesie światło". Bo nawet jeżeli za chwilę zadzwoni dzwonek na długą przerwę, to i tak trzeba się uczyć. Po to tu jesteśmy. Trzeba poszerzać wiedzę. Nawet taka babcia, nawet o ciekawostkę, jaką jest „Kitty" – żargonowe określenie ketaminy, związku chemicznego, dzięki któremu można przejść samego siebie, wyjść z siebie i spojrzeć na wszystko z unikalnej, jakby ostatecznej perspektywy.

Kitty opuściła łazienkę i skierowała się ku swojemu stolikowi, gdzie czekała na nią wciąż niedopita cola. Dziewczyna miała zamiar zawiadomić obsługę o bałaganie w łazience, ale wydarzyło się coś o wiele bardziej intrygującego od podskakującego kondoma. Za chwilę rozpętać się miała wojna między stolikiem po jej prawej a tym po jej lewej. Rynsztokowy strumień ordynarnych słów, zanieczyszczający przestrzeń intelektualną purysty, doczekał się jego nie do końca chyba wyważonej reakcji.

– Przepraszam panów najmocniej, ale chciałem się z panami podzielić pewną myślą. Otóż wysnułem teorię, że skoro większość przekleństw ma konotacje seksualne, to każde wypowiedziane „Ja pierdolę" ma swoje uzasadnienie w deficycie rzeczywistego pierdolenia płciowego, który danemu „Ja" doskwiera.

„Oh, my fuck, to było ryzykowne" – stwierdziła w myślach dziewczyna, patrząc, jak w oczach leksykalnych barbarzyńców wzbiera agresja trudna do wyartykułowania bez użycia tych dobitnie wszystko podkreślających brzydkich słów. Co mogło być dalej? Na stole, obok ogorzałych słońcem tęgich dłoni, stały szklane butelki, które w każdej chwili zamienić się mogły w łaknące krwi tulipany. Kelnerka z dzbankiem gorącej kawy zastygła w bezruchu. Czuć było powiew historii. Jeżeli drwale staną na wysokości zadania i spiorą starego na kwaśne jabłko, wszyscy zgromadzeni znajdą się najpewniej w wieczornym wydaniu regionalnych wiadomości. Ekipa telewizyjna przyjedzie za godzinę albo dwie. Muszą tylko poważnie nabroić. Musi być dużo krwi.

Stary nie czekając na ich reakcję, kontynuował swój wywód. Mówił, że on sam słów obraźliwych określających kobietę lekkich obyczajów używa bardzo rzadko. Podobno mniej razy powiedział „kurwa", niż kurwę pierdolił. Oczywiście inaczej ubrał to w słowa. Wszyscy byli pewni tego, że głoszone przez niego herezje nie mogły być zbyt długo głoszone bezkarnie. Przez zaciśnięte pięści zmierzała w jego stronę skrajnie negatywna energia, a przez zaciśnięte zęby cedziły się wolno dobierane słowa.

– Panie. Pan sobie może mieć teorie, pan może mieć równie dobrze przerost teorii i poluzowaną jadaczkę, a ja mogę za chwilę panu nastawić szczękę.

– Widzę, synu, że bardzo się męczysz z tymi formami grzecznościowymi. Dajmy spokój nonsensom tytularnym. Mów mi Bing.

– Bing – rzekł drwal o najbardziej giętkim języku, reprezentując milczącą większość. Następnie spojrzał możliwie wymownie, bo nic więcej powiedzieć nie potrafił, a że był skrajnym ekstrawertykiem i preferował mowę ciała, uwolnił po chwili potok ciosów i kopniaków.

Operacja nastawiania szczęki nie obyła się bez komplikacji. Gdy trzej drwale podnieśli się tylko od stołu, Bing wyrzucił niczym frisbee opróżniony z nóżek kurczaka talerz, który zatrzymał się dopiero na krtani pierwszego z brzegu napastnika. Sekundę później leżał on już pod stołem, próbując wykrzesać ze zgniecionej tchawicy ostatnie tchnienie. Przywódca i rzecznik kliki rębaczy gwałtownym susem zbliżył się do Binga, a ten wbrew jakimkolwiek przewidywaniom zanurzył dłoń w gęstym ekstrakcie chilli, aby chlusnąć nim prosto w oczy napastnika. Kolejne ataki oślepionego piekielną mazią wykidajły najczęściej mijały się z celem.

Ostatecznie zdecydował się na odwrót, szukając po omacku drogi do łazienki. Ostatni z przeciwników Binga pochylił pokornie czoło przed obrońcą norm językowych i przeprosił.

– Czy jest na sali lekarz? – zapytał zgromadzonych, a że odpowiedzi się nie doczekał, postanowił wziąć sprawy w swoje ręce i zdecydowanym ruchem uzbrojonej w ołówek dłoni przeprowadził tracheotomię, wbijając wystruganą końcówkę poniżej zgniecionej krtani dychającego drwala.

Bing ukłonił się przed zastygniętą w bezruchu, niczym zgraja gekonów, klientelą baru i wyszedł bez pośpiechu, ale też bez ostentacji. Chwilę po nim wyszła Kitty, dzięki czemu spotkali się na podjeździe.

Bing stał do niej tyłem. Prawie nie było go widać zza długiego płaszcza z postawionym kołnierzem. Tylko buty i głowa, którą wodził za eskadrą kluczących po niebie ptaków. Nagle wyjął zza pazuchy nieduży rewolwer. Drzwi od baru otworzyły się skrzekliwie, przywołując uwagę Kitty. Kiedy się odwróciła, w progu stanął jeden z drwali. Jego małe i czerwone jak papryczki chilli oczy zionęły rozpaczliwym gniewem. Miał ze sobą siekierę, która wyślizgnęła mu się z ręki, gdy dostrzegł rewolwer Binga. Na jego widok rębacz zawrócił w pośpiechu do środka. Bing pociągnął za spust, ale zamiast wystrzału, z lufy wydobył się płomień, którym podpalił papierosa.

Kitty pomyślała, że to było niezłe. Prowokacja, konfrontacja i ten papieros na końcu. Na tym etapie nieznajomości nie miała nic przeciwko temu, żeby do staruszka zagadać. Papierosy jej się skończyły, więc mogłaby go o jednego poprosić. Wszechogarniający chłód zadecydował jednak o porzuceniu powyższych projektów. Zaledwie podkoszulek powyżej pasa, temperatura poniżej zera, ale przede wszystkim nieoczekiwanie dzwoniący telefon oddaliły ją od zapoznania Binga. Skierowała się ku samochodowi, łącząc się telefonicznie ze swoją matką. Nie przepadała za jej telefonami. Nie znosiła uczucia spętania bezprzewodową pępowiną. Każde odebrane połączenie wiązało się z jakąś pretensją, nakazem albo groźbą. Każde nieodebrane połączenie przeradzało się w ciąg nieodebranych połączeń, który przerwać mogło tylko odebrane połączenie.

– Możesz przyjechać do domu?

– Dlaczego?

– Wiem, co zrobiłaś. Niczym się nie martw. Tylko przyjedź do domu.

– Wiesz? Skąd wiesz?

– Ktoś cię widział. Nieważne. Wróć, to pogadamy o tym.

3. Pere Fatale

Kitty się rozłączyła. Zanim jej wkurzenie matczyną interwencją nabrało powagi, zaskoczona została pewną bezpośrednio ją dotyczącą sytuacją. Jej samochód otoczony był przez grupkę dzieci, wśród których plątał się dodatkowo okazałych rozmiarów pies. Pięcioro szkrabów przy bliższych oględzinach okazało się być małymi Indianami. Pies zachowywał się jak szalony. Popiskiwał histerycznie i drapał karoserię, stojąc na dwóch łapach z nosem przystawionym do uchylonej szyby. Największy z małych Indian zdążył już obejść dookoła samochód, zostawiając na każdym oknie fantazyjne ślady swojego palca. Ścieżki startego kurzu układały się w wizerunki leśnej zwierzyny. Swoją galerię bohomazów chłopiec wzbogacił symbolami dolara i mercedesa.

Bing całe zamieszanie obserwował z dystansu, nie przeszkadzając sobie w paleniu papierosa. Nie reagował aż do momentu, gdy płomień strawił wszystko poza filtrem. Wtedy przywołał figlarną gromadkę donośnym gwizdnięciem. Niczym sędzia piłkarski wygwizdał przewinienie na samochodzie. Niektórzy protestowali, ale gdy się zbliżył i postawił parszywą piątkę przed pręgierzem swego srogiego spojrzenia, żarty się bezapelacyjnie skończyły. Tylko mała dziewczynka zgłosiła się do odpowiedzi na niepostawione pytanie o motyw ich postępowania: „Tam jest mały wilk".

Spostrzeżenie małej do tego stopnia zaintrygowało Binga, że poddał odkrycie naocznej weryfikacji. Odgonił ujadającego psa i ku swojemu zdziwieniu potwierdził wersję dziewczynki. Zza szyby spoglądał na niego wilczy osesek, który pomimo tego, że wyglądał, jakby się przed chwilą urodził, wykazywał niebywałą mobilność. Śmigał z jednego końca kanapy na drugi. Podołał nawet wspinaczce na szczyt oparcia, uzyskując bardziej dogodną perspektywę, z której badał każdą nową, zaglądającą przez szybę twarz.

Bing poprosił Kitty na stronę, domagając się wyjaśnienia obecności wilczego szczenięcia w jej samochodzie. Dziewczyna nie za bardzo wiedziała, co predysponuje go do wtrącania się w nie swoje sprawy. Nie miała nic do jego krucjaty przeciwko gwałtom na kulturze języka, ale naprawianie tego skrawka świata, który powiązany był z jej osobą, wyraźnie działało jej na nerwy.

Zostawili samochód Kitty, ponownie oblężony przez czerwonoskórą dziatwę, zmierzając w stronę stojącego nieopodal furgonu, w którym Bing zamknął kłopotliwego psa. Tam, z dala od dziecięcej ciekawości, wysłuchać miał zeznań kidnaperki wilczka.

Na wstępie przeprosił za porysowanie lakieru, mimo że pies nie należał do niego. Bing jedynie zabrał go do pobliskiego miasta na szczepienie przeciwko wściekliźnie, urządzając przy okazji wycieczkę dzieciakom z rezerwatu. Właściwie była to wycieczka szkolna. Bing był półetatowym nauczycielem w szkole dla indiańskich dzieci. Uczył przedsiębiorczości.

Wykazał się szarmanckością, użyczając zmarzniętej Kitty swojego płaszcza. Następnie ich rozmowa skupiła się na wyjaśnieniu uprowadzenia, czy też przysposobienia wilczka przez dziewczynę. Wysłuchawszy opowieści Kitty, Bing nie krył podziwu dla jej postawy, protestując jednocześnie przeciwko wywiezieniu wilczka poza jego naturalne środowisko. Wilk odebrany naturze i wyjęty z kręgów watahy jest jak bezdomny – twierdził.

Zajęci rozmową nie zauważyli, jak samochód Kitty z niewiadomych przyczyn ruszył z miejsca, co spowodowane było nadpobudliwością obgryzającego drążek skrzyni biegów wilczka. Lekka pochyłość jezdni, na której zaparkowana była gablota, i przestawienie biegów na luz wyprawiły szczeniaka w niebezpieczną podróż. Wszystkich przepełniała świadomość znikomego prawdopodobieństwa, że ten niekontrolowany zjazd w dół szosy obędzie się bez kolizji. Bing i Kitty, zaalarmowani przez wrzeszczące dzieciaki, włożyli dużo siły w próbę dogonienia i zatrzymania pojazdu, który ostatecznie wbił się w przydrożny rów. Impet zderzenia postawił samochód na sztorc. Auto kołysało się przez chwilę na przedniej części nadwozia, wyrównując do pozycji niemal pionowej, aby w końcu ugrząźć z tylnymi kołami metr nad jezdnią.

Kitty, Bing i ciągnący się za nimi sznur małoletnich Indian pognali co sił na miejsce kolizji. Wierząc w cudowne ocalenie utracjusza, odetchnęli z ulgą, gdy Kitty wspiąwszy się po karoserii, wydobyła przestraszonego małego wilka, niezdradzającego objawów poważniejszych obrażeń.

Wydobycie samochodu z rowu przerastało sprzymierzone siły Binga, Kitty i indiańskiej dzieciarni. Kitty nie odebrała kolejnego telefonu od swojej matki, powoli odkrywając zalety wykolejenia samochodu. Nie miała ochoty wracać do domu. Bing wyszedł z inicjatywą, aby zwołać rosłych Indian z rezerwatu, którzy z pewnością postawią samochód na kołach. Wątpliwa zdatność do jazdy zdemolowanego rzęcha była kolejną przeszkodą. Perspektywa powrotu dziewczyny do domu stawała się coraz bardziej odległa. Dom znajdował się daleko, bo aż w Vancouver. Tam mieszkała z matką od czasów wyzwolenia ze szponów Potwora. Tam czekały na Kitty konsekwencje tego, co zrobiła, a zrobiła coś, czego powinna żałować. To coś kosztować ją mogło wolność. Nie chciała o tym myśleć.

Wykorzystując milczenie Binga i ponaglając czas, jaki przyszło jej spędzić w furgonetce, dziewczyna wzięła się za rozdrapywanie ran wieku dziecięcego. Podróżowała w czasie, wertując kartki pamiętnika, aby przenieść się do chwili, gdy była w samym środku nastoletniości. Gdy Szatan przybierał postać trądziku, Bóg lidera wiodącego boysbandu, a nieobecny już Potwór obrastał legendą, raz na jakiś czas odświeżaną przez jej matkę.

Legenda Potwora kultywowana była szczególnie pod jej nieobecność, dlatego też Kitty doskonaliła metody podsłuchiwania. Czasem przykładała szklankę do drzwi. Czasem chowała się w szafie. Najczęściej jednak, odchodząc od stołu w czasie rodzinnych spędów, czyniła swój chód jak najbardziej subtelnym, wręcz bezgłośnym, i przy zachowaniu pozorów nieobecności wsłuchiwała się w każde słowo płynące z ust dorosłych. Wszystko, co mogła, zapamiętywała, a w sprzyjających okolicznościach notowała, aby później umieścić na stronicach swojego diariusza. Fragmenty skupiające podsłuchane rozmowy tytułowała: „Stenogramy".

Stenogram z wigilii roku 2004:
„Dlaczego on siedział ciągle w łazience? Potrafił przesiadywać w niej godzinami, unikając wszelkich wyjaśnień. W końcu się go zapytałam. Wiecie, co mi łaskawie odpowiedział? Powiedział, że się masturbuje, intelektualnie, tak jak ten E…, ten od Eureki, ten, któremu jedno i w dodatku swoje własne ciało wystarczało do osiągnięcia maksimum satysfakcji. Tak to tłumaczył, chociaż może coś przekręciłam – powiedziała moja jakby ciocia, czyli nowa partnerka dziadka. (…)
Zawsze przejmował się tym, co sobie inni pomyślą, więc żeby się nad tym nie głowić, ograniczał ich wybór. Zachowywał się tak, żeby ludzie myśleli o nim same najgorsze rzeczy – powiedział dawny teść Potwora, a mój dziadek, zanim jeszcze rozwiódł się babcią Dessą, aby zamienić się w jeden z eksponatów bezdusznej menażerii z Wallstreet, jak mawiała babcia".

Przerzucając kartki, Kitty natrafiła na naszkicowany kredkami świecowymi portret pamięciowy Potwora. Był włochaty niczym niedźwiedź. Jako niemowlę Kitty czekała, aż on uśnie, i przyczajona na jego klatce piersiowej zrywała kosmyki gęstych jak sierść włosów. Na rysunku zostało to uchwycone. Na pierwszym planie znajdowała się dziecięca rączka z wiązką kudłów.

Kiedy Potwór spał, nie straszył, ale tuż po przebudzeniu wytrzeszczał strasznie oczy, z których strzelał na okrągło ognistymi spojrzeniami, jakby w każdym miał armatę. Tak dziewczyna zapamiętała swojego Potwora i takim go przedstawiła na ilustracji w pamiętniku.

Kitty zamknęła pamiętnik, bo za chwilę znaleźć się miała w enklawie zamieszkałej przez pierwsze narody północnej Ameryki, jak ze względu na poprawność polityczną nazywani byli Indianie. Zawarte w tej eufemistycznej nazwie pierwszeństwo pełniło rolę parawanu, za którym kryło się głębokie zacofanie. Rezerwaty były czymś podobnym do klatki dla zwierząt, które były częściowo udomowione, aby nie sprawiały większych problemów, i częściowo dzikie, aby nie tracić wiarygodności w oczach turystów. Dzięki temu przy minimalnym nakładzie funduszy świadczyły o wspaniałomyślności białego zaborcy.

Kiedy Kitty dotarła do rezerwatu, niezwłocznie skierowana została na rozmowę z wodzem plemienia. Nazywał się Rwący Potok i na wstępie, gdy nowo przybyła przekroczyła próg jego chaty, wyczytał z jej twarzy wszystko, o czym rozmawiać nie chciała, i postawił sobie za cel wydobycie tego na światło dzienne.

– Nie trafiłaś tu tylko dlatego, że zepsuł ci się samochód, prawda? – zapytał, czytając między subtelnymi metamorfozami jej twarzy.

– Nie, proszę pana.

– Nie nazywaj mnie panem. Panów już nie ma. Przynajmniej nie tutaj i nie tam, gdzie ludzie wzięli sobie do serca zmiany niesione przez rewolucję październikową. Jestem Rwący Potok i innych słów na nazywanie mnie nie marnuj.

– Dobrze, Rwący Potoku – zaczęła, chcąc przejść do sedna sprawy, ale dzwoniąca komórka wybiła ją z rytmu.

– Czy mogłabyś zostawić telefon przed chatą? – wyrznął ze swojej twarzy, pofałdowanej przez doświadczenia, które niestrudzenie przeprowadzał na niej upływający czas.

– Tak – odrzekła, wykonując bez zwłoki polecenie indiańskiego wodza i zastanawiając się nad swoim posłuszeństwem wobec nieznajomego, przez które czuła się jak zahipnotyzowana.

Ten nieznajomy różnił się jednak od innych nieznajomych. W każdym swoim słowie i geście był naturalny i trzeba było być skrajnym socjopatą, aby nie ulec ulotnej swobodzie, jaką niosło ze sobą jego towarzystwo. Wymawiane przez niego słowa przypominały właśnie kojący szum rwącego potoku. Jego głos był głosem natury, przed którą nie można było czuć wstydu.

Już Kitty miała bez ogródek powiedzieć coś od serca, coś, co ją trapi, gdy została przywołana do klawiatury swojego telefonu. Nikomu innemu, ale właśnie jej zadzwonił dzwonek, ostatni, bo komórkę przysięgła tym razem wyłączyć. W odruchu Pawłowa rzuciła źrenicami pod powieki i ponaglana chłostą dobywającej się z głośniczka melodii wybiegła przed chatę Rwącego Potoku. Nie zdążyła. Ubiegł ją indiański maluch, obwieszczający, że oto do telefonu proszona jest Urszula.

– Urszula to twoje imię? – zapytał wódz, gdy wyłączywszy na dobre telefon, wróciła w kręgi jego nadwątlonej wiekiem percepcji. To z pozoru głupie pytanie miało jeszcze kiedyś paść z ust Rwącego Potoku.

– Tak.

– Masz oczy spłoszonej łani. Czego się boisz?

– Niczego.

– Z dziennika, który tu mniej lub bardziej nieroztropnie zostawiłaś, gnana przymusem ukrócenia ujadania swojego trzeciego ucha, jak w konwenansie staromowy zwykłem określać telefon komórkowy, tak... – Zamknął na chwilę oczy. – ...wynikało, że się czegoś boisz.

– Rwący Potoku – powiedziała głośniej, niż jej się to zdarzało do tej pory. – Czego miałabym się bać? Nie ma na świecie niczego, czego mogłabym się bać.

Używam wszelkich zabezpieczeń, aby nie musieć głowić się nad czymkolwiek, czego mogłabym się bać.

– Kiedyś, jako małe pacholę, bałem się bladych twarzy. Traktowałem ich jako wrogów, a o wrogach warto wiedzieć jak najwięcej. Nie chodziłem zbyt długo do szkoły, nie rokowałem... Zauważyłaś pewnie, że twarze północnych Indian, a szczególnie kształt ich oczu, wskazują na ich wschodnioazjatyckie korzenie. Mamy to coś w oczach. Tę mongolskość. Słyszałaś kiedyś o czymś takim jak mongolizm? Wiesz, jak niewielu Indianom udaje się skończyć studia? Niekoniecznie dlatego, że mamy pustkę w głowie, ale że mamy to coś w oczach. Pozory niedorozwoju utrudniały mi poszerzanie wiedzy w sposób systematyczny. Dlatego też kulturę i historię białego człowieka poznawałem samodzielnie, tropiąc przypadkowe ślady pisane, które zaprowadzić mnie miały do zrozumienia białej plagi. Zapisałem się do biblioteki publicznej. Kolekcjonowałem porzucone gazety. Tak jak Eichmann zgłębiał tajniki judaizmu, żeby skuteczniej zwalczać Żydów, tak ja chłonąłem wszystko, co mi wpadło w ręce, od dzieł Marksa po notowania giełdowe. Nawet „Cosmopolitan" albo Dickens, *Biblia*, książka kucharska, wszystko. Czytałem wszystko i wszędzie, a żeby czytać jeszcze więcej, poszedłem na kurs szybkiego czytania. Dlatego wszelkie chwilowo porzucone rękopisy nie mają dla mnie tajemnic. Kto to jest Potwór?

– Potwór? Nikt. Ktoś, kogo nie ma.

Na głuchy dźwięk pustki, jaką skrywała odpowiedź dziewczyny, z wolnych od choćby jednego szlaczka przekrwienia, czystych jak źródlana woda oczu Rwącego Potoku wyległy niewypowiedziane jeszcze myśli. Ich werbalizacja zburzyć miała dwoistą strukturę dialogu. Jego czoło gęstniało od zmarszczek zwiastujących nadchodzącą burzę. Kitty nie mogła podejrzewać, że to już nie jest rozmowa. Nastała godzina monologu. Wódz trzymał go w swojej głowie od dłuższego czasu. Teraz, gdy znalazł dla niego odpowiedni kontekst, monolog mógł żyć własnym życiem. Wszelkie wtrącenia, sprostowania, a może nawet protesty nie miały już sensu. Kitty jakby wyparowała z pomieszczenia. Zostały po niej tylko pierwsze i drugie ucho, których w swoim niebycie nie mogła przytkać. Tu i teraz był przede wszystkim wódz i jego rwący potok nieprzebranej nieomylności.

– Młody człowiek pozbawiony jednego z rodziców jest jak mózg bez jednej półkuli. Chociaż nie, źle to ująłem. Bo mały człowiek, nawet stojąc na palcach, nie powinien dosięgać wielkich słów, a wielkie słowa nie powinny dosięgać jego. Mały człowiek nie ma mózgu. Ma główkę, a w główce uwijające się jak mrówki szare komórki, które nie mogą się zwolnić z pracy, nawet gdy rzeczywistość się rozstępuje i wszystko się wali.

Kitty, a właściwie Urszula, słuchała w przyczajeniu, aby odebrać Rwącemu Potokowi palmę pierwszeństwa w głoszeniu truizmów. Czuła się jak mucha złapana w snującą się od słowa do słowa misterną pajęczynę.

– To nie ma sensu – wbiła się znienacka w twardy monolit wodzowskiej tyrady.

– Co nie ma sensu? To, co mówię?

– Nie. W ogóle nic nie ma sensu. Życie nie ma sensu.

– Życie nie ma sensu celowo. Po to, aby każdy z nas własnemu życiu sens nadawał. Na tym polega wolność. Tylko że wam wolność wydaje się być niepotrzebna.

I znów...

– Odkąd zobaczyłem bladą twarz przybraną w nadrukowane totemy wiodących marek, struchlała we mnie wizja świata, w którym ludzie jedli jedzenie, pili napoje i ubierali się w ubrania. Nie jedli Pizzy Hut czy Big Maca, nie pili Coca Coli ani Jacka Danielsa i nie ubierali się u Prady, Versace czy u kogo tam jeszcze. Byli ubrani w to, co udało im się uszyć, i jedli to, co udawało im się upolować. Każdy był jednak inny. Bo pełna uniformizacja to najlepszy grunt dla indywidualizmu. No i wysnuła się we mnie wizja niepowtarzalności niepodatnej na maniery z dalekiego „zewnątrz". Człowiek zuniformizowany, aby pozostać człowiekiem, którego cele w przeciwieństwie do zwierząt nie ograniczają się do przeżycia i rozmnożenia, musiałby włożyć dużo więcej wysiłku w podkreślenie swojej egzystencji. Jeżeli nie mógłby tego zrobić przez stylizację odzieżową, kolekcję gadżetów czy sposób wypełniania żołądka, musiałby więcej dawać od siebie, żeby nie być taki sam jak inni.

Rzekł wódz nazywany Rwącym Potokiem, z którego rozkazu wszystkie czapki Nike i batoniki Mars palone były na stosie. Podobny los miał spotkać podkoszulek Kitty, jeżeli chciała zostać tu minutę dłużej.

– Teraz poproszę cię o to, żebyś się rozebrała.

– Mam się rozebrać? Wolałabym nie – odrzekła Urszula, bezskutecznie siląc się na bardziej zdecydowany protest.

– Rozumiem – stwierdził Rwący Potok, schodząc z autorytatywnego tonu i wpadając w czuły szept.

Wódz zastukał trzy razy w szybę jednego z okien. Dziewczyna dopiero teraz spostrzegła przylepione do szyby twarze dzieciaków, które na dźwięk wystukanej przez Rwący Potok depeszy pognały co sił w niewiadomym kierunku. Za chwilę do izby wkroczyła Indianka w średnim wieku. Uśmiechnęła się serdecznie do Urszuli, wręczając jej starannie złożoną płachtę materiału, który po rozłożeniu okazał się być czymś pomiędzy szlafrokiem a sukienką. Wódz wstał od stołu, aby podpierając pochyloną sylwetkę drewnianym kijem, opuścić chatę. Zatrzymał się jeszcze w progu i przesłał Urszuli bukiet niewypowiedzianych słów, które o mało co nie rozkwitły bujną oracją na grządkach jego drżących warg.

Zostały same. Wyzbyta owiniętej wokół pasa bluzy z kapturem, podkoszulki ze słodkim kotkiem i dżinsów Kitty stała przez chwilę prawie naga przed milczącą kobietą. Jej wzrok zatrzymał się na oczach Urszuli, lekceważąc odkrycie rozległych połaci młodego ciała. Czarny Kapturek i Hello Kitty obok skór zwierzęcych z ostatniego polowania. Indianka zebrała wszystkie poprzednie wcielenia dziewczyny do lnianego worka. Okna nie miały już oczu, dlatego Urszula odważyła się na zdjęcie bielizny, by za kilka sekund poczuć szorstkość oplatającego jej ciało płótna. Milcząca squaw uklękła przed dziewczyną, plotąc nad jej biodrami zdobioną misternymi szlaczkami wstęgę. Urszula była gotowa, aby trzymana za rękę przez swoją przewodniczkę opuścić chatę, kierując się do stojącego nad rzeką namiotu.

Płomień ustawionych w szpaler pochodni odprowadził ją pod sam namiot, rozłożony na samym środku pola tataraku. Przez otwór na jego sklepieniu ulatywały kłęby dymu, tańczące na tle księżyca, który dopiero co rozpoczynał nocną zmianę, zastępując zachodzące słońce. Wokół księżyca rozpościerała się tęczowa aureola. Przed namiotem siedziała inna Indianka, piastująca małego wilczka. Jej brunatne włosy i bardziej zaczerwieniona niż u jej współplemieńców twarz idealnie wkomponowywały się w nasycony ciepłymi barwami pejzaż.

Indianka dzierżąca sakiewkę z ciuchami Urszuli uniosła służącą za drzwi grubą płachtę skóry, wypuszczając ze środka tumany mglistej pary, która wypełniła nozdrza Urszuli przyjemnym ciepłem. Para wydobywała się z wydrążonego w ziemi dołu, na którego dnie znajdowały się rozgrzane do czerwoności kamienie. Wewnątrz nie było nikogo. Obok paleniska znajdował się złożony na pół wełniany koc, czekający najwyraźniej specjalnie na dziewczynę.

Urszula nigdy wcześniej nie była w saunie. Bagatelizowała jej kojący nerwy wpływ (oraz inne wpływy). Skraplająca się para osiadła na okładce jej dziennika. Chcąc zetrzeć tę parę, dziewczyna zatarła swoje imię, wypisane niesfornym dziecięcym pismem. Została tylko jedna litera, pierwsza litera.

Czując błogi spokój, Urszula wypuszczała swoje myśli na wolność. Te zamiast jednak wzlatywać ku błyszczącemu gwiazdami firmamentowi albo innym cudom natury czy folkloru, nieustannie wracały do idei Potwora. Urszula nazywała go czasem, ale tylko w myślach, Swoim Potworem.

Czasem Potwór tak dalece odchodził od władzy nad swoimi zmysłami i wygadywał takie rzeczy, że trzeba było go oddawać na przechowanie do zoo dla potworów, gdzie opiekowali się nim profesjonalni poskramiacze potworów. Taka była konieczność wobec takiej, a nie innej sytuacji. Najgorsze było to, że niewiele zapowiadało zmianę Potwora. Zresztą nawet jakby się zmienił, względnie uczłowieczył, nie zmieniłaby się sytuacja. W chwilach wielkiego wstydu, wynikającego ze związku z Potworem, matka Urszuli modliła się na głos o zmianę, bo ludzie się zmieniają. Posyłała pod niebiosa swoją prośbę, żeby ów Potwór zamiast potworności miał nowotwór.

Nie raz, nie dwa, ale trzy razy Potwór z zoo uciekał. Dużo później po tym, jak zniknął z życia Urszuli, uciekł znowu i już nie wrócił. Mógł nie przeżyć, ze względu na dotkliwe mrozy tamtej zimy i odosobnione położenie zoo, wokół którego były tylko porośnięte lasem bezludne bezdroża.

Pod uniesioną płachtą przemknęła Indianka. Ta sama, która asystowała Urszuli w zmianie odzienia. W jednej ręce trzymała sakwę, a w drugiej amforę, której płynną zawartość wylała na rozżarzone kamienie. Czerwone głazy buchnęły białą jak mleko mgłą. Indianka wyszła. Strużka potu spłynęła po plecach Urszuli.

Nagle do namiotu wstąpił człowiek w masce jakiegoś trudnego do rozpoznania przez Urszulę zwierzęcia. Wyrzeźbiony w drewnie pyszczek, który przypominał jej chomika, w istocie był podobizną bobra. W gęstym od pary powietrzu dziewczyna wyczuwała jakiś nieokreślony aromat. Mężczyzna usiadł naprzeciwko niej, a ona z trudem maskowała swój strach przed nieznajomym.

– Boisz się mnie? Niepotrzebnie. Nie jestem potworem – powiedział, zbijając tytoń w indiańskiej fajce.

– To ty?

– Kogo masz na myśli?

– Nie udawaj, że to nie ty. Czy nadal się odklejasz od rzeczywistości? Czy ty w ogóle jesteś rzeczywisty?

– Nie bardzo wiem, o co ci chodzi.

– Bo ja czasami tak...

– Mylisz mnie z kimś, dziecinko, i nawet wiem z kim. Posłuchaj... Jeżeli chciałabyś kiedyś spotkać Potwora, którym ja osobiście nie jestem, niekoniecznie musisz iść jego śladami. Może lepiej byłoby podążyć w przeciwnym kierunku. Wtedy wyjdziesz mu naprzeciw. Świat to wielki, kulisty, oszlifowany przez niebo kamień.

– Mam nie brać narkotyków?

– A bierzesz?

– Czasami.

– Tyle co Potwór?

– Nie wiem – odrzekła, odczuwając powoli pierwsze objawy euforii niewiadomego pochodzenia. Coś jakby łechtanie skrzydełkami małego kolibra, który usilnie próbuje wydostać się z jej klatki piersiowej. Coś było w tej parze albo w sukience. Tego była pewna.

– My, Indianie, od maleńkości uczeni jesteśmy szacunku dla wszystkiego, co nierzeczywiste. Może większość z nas nie potrafi przeczytać pojedynczego zdania zapisanego w języku bladych twarzy, ale swobodnie odczytujemy zsyłane nam przez duchy wizje. Znałem kiedyś Indianina, który porzucił swoją ziemię i wyjechał do miasta. Ciężko tam pracował, a po pracy zapadał w głęboki sen, który oczyszczał jego zmechanizowaną duszę z mozołu dnia powszedniego. Sny zabierały go daleko, poza ramy codziennej monotonii. Dzięki nim podróżował do fantastycznych krain i przeżywał równie fantastyczne przygody. Pewnej nocy nawiedził go jednak koszmar. Śnił mu się dzień miniony, z każdym jego szczegółem i z wiernym zachowaniem chronologii. Każda wykonywana poprzedniego dnia czynność była odtwarzana w zwolnionym tempie. Indianin czuł się, jakby oglądał nocne powtórki programów telewizyjnych wyemitowanych w ciągu dnia. Było to tak nudne, przewlekłe i zwyczajne, że normalnie by przy tym usnął, ale on już spał, więc usnąć nie mógł. Tak było co noc i przez to Indianin zwariował. Popadł w obezwładniający letarg. Nie otwierał nawet oczu, bo wszystko, co by zobaczył, zamieniłoby się w materiał, z którego bezlitosny Morfeusz montowałby kolejny odcinek nieznośnie przewlekłego tasiemca. Tymczasowe porzucenie rzeczywistości zaszczepia nas przed szaleństwem. – Po gęstości przekazu Urszula domniemywała, że za maską kryje się twarz wodza. Głos był jednak jakiś zmieniony. – Dlatego warto czasem zapomnieć o tym, co nas otacza, i pozwolić duchom przetasować nasze perspektywy postrzegania rzeczywistości.

Mężczyzna zdjął maskę, rozwiewając wątpliwości Urszuli co do jego tożsamości. Rwący Potok schylił się ku palenisku i za pomocą wygrzebanego patyczka zaprószył ogień w cybuchu. Zaciągnął się głęboko tytoniowym dymem i poruszył palącą kwestię Potwora. Twierdził, że z tego, co wychwyciły błyskawice jego szybko czytających oczu, cały ten Potwór nie był taki straszny. Następnie pozwolił sobie przytoczyć pewną indiańską legendę, która opiewa losy prawdziwie potwornego potwora, wyjątkowo biegłego w tropieniu i pożeraniu małych dzieci. Nazywał się...

4. Bakbakwalanukseewae

Za gęstym lasem, rozległym jeziorem i monumentalną górą, na której zboczach uczyły się latać młode chmury, mieszkał w swojej chacie straszny ludojad. Nazywał się Bakbakwalanukseewae i przepadał za małymi dziećmi, które pożerał przy każdej okazji. Taka okazja miała się właśnie nadarzyć, bo pewien Indianin o imieniu Naokowa pozwolił swoim dzieciom pójść samodzielnie na polowanie. Celem ich wyprawy był biały kozioł górski. Ojciec wiedział o istnieniu strasznego ludojada, dlatego też ostrzegł swoje pociechy, żeby pod żadnym pozorem nie przekraczały progu domu, z którego komina unosi się czerwony jak krew dym.

Po tym, jak zwiedziły chatę z kominem dymiącym na czarno, zamieszkałą przez czarnego niedźwiedzia, dotarły do chaty z kominem dymiącym na biało. Dzięki rozwieszonym na ścianach fotografiom doszły do wniosku, że zamieszkuje ją górski kozioł. Zadomowiły się w niej na czas jakiś i czekały jednocześnie na gospodarza. Temu się do domu jednak nie spieszyło, dlatego rozczarowana dziatwa poszła dalej, a dalej, zgodnie z przewidywaniami ojca, znajdowała się chata z kominem dymiącym na czerwono. Ogarnięci ciekawością weszli do środka.

Na miejscu zastali kobietę kołyszącą niemowlę do snu. Obok niej siedział jej syn, chłopiec z niezwykle dużą głową. Jeden z czworga rodzeństwa bawiąc się kawałkami drewna przy palenisku, skaleczył rękę i uronił na podłogę kroplę krwi. Ta została natychmiast zlizana przez chłopca z dużą głową. Dziewczyna widząc, że ojcowska przestroga nie była wzięta z księżyca, chwyciła łuk i wystrzeliła jedną ze strzał przez otwarte drzwi chaty. Poleciła jednemu z braci, aby pobiegł i przyniósł wystrzeloną strzałę. Chłopiec z początku marudził, ale ostatecznie dał się przekonać. Wybiegł i nie wrócił. Dziewczyna wystrzeliła następną strzałę, za którą pobiegł kolejny z braci. Historia powtórzyła się z trzecią strzałą i trzecim, najmniejszym braciszkiem. Gdy dziewczyna została sama z matką wielkogłowego chłopca, znowu chwyciła łuk, mierząc w drzwi. Kobieta zapytała, gdzie się podziali jej bracia, i wyraziła nadzieję, że zaraz wrócą. W rzeczywistości chłopcy pod pretekstem przyniesienia strzał pobiegli w kierunku ich rodzinnego domu. Ostatnia, czwarta z kolei strzała została wystrzelona, co wykorzystała najstarsza z rodzeństwa. Wtedy matka chłopca o wielkiej głowie wyszła przed dom, nawołując swojego męża: „Bakbakwalanukseewae, wracaj do domu. Taki pyszny obiad zaprzepaściłam".

Wspomniany Bakbakwal... wywęszył swoim wyczulonym na ludzkie mięso nosem uciekające przez las rodzeństwo i pobiegł za nimi co sił, których miał, jak to bywa w przypadku potworów, pod dostatkiem. Gdy był niebezpiecznie blisko, roztropna dziewczyna wyrzuciła za siebie kamienny grot strzały. Ten zamienił się w olbrzymią górę. Bakbakwal... musiał ją obejść, aby dalej gonić swój uciekający obiad. Gdy znów zbliżył się na ryzykowną z perspektywy uciekinierów odległość, dziewczyna wyrzuciła fiolkę z tłuszczem wydry, który zamienił się w rozległe jezioro. Bakbakwalanuk... musiał je przepłynąć, dzięki czemu dzieci zyskały dodatkowy czas. Kanibal biegł jednak tak szybko, że po kilku chwilach znów miał je na wyciągnięcie ręki. Wtedy dziewczyna porzuciła magiczny grzebień ze szkieletu ryby. Grzebień zamienił się w gęstą sitwę drzew. Rozpędzony Bakbakwalanukseewae wpadł na wyrastające w mgnieniu oka zarośla, ale prędko się podniósł i prawie dogonił uciekające rodzeństwo. Szczęśliwie dzieci zdążyły skryć się za zamkniętymi w samą porę drzwiami swojej chaty.

Kanibal nie miał zamiaru dać za wygraną. Ani myślał odejść bez czegoś spożywczego, czegoś, co ludzkie. Zdesperowany dobijał się z całych sił do drzwi i negocjował z ojcem dzieci. Niezmordowany w swojej żądzy krwi Bakbakwalanukseewae przystał ostatecznie na podyktowane przez Naokowa warunki i zadowolił się amforą krwi, która wbrew temu, co sprytny Indianin powiedział, ludzka nie była, bo spuszczona została z zarżniętych na tę okazję przydomowych psów. Kanibal przyjął też zaproszenie na kolację wystosowane przez ojca dzieci, które na owej kolacji miały pełnić rolę głównego dania. Bakbakwal... wrócił więc do siebie i oznajmił najbliższym, że dzisiejszego wieczoru wychodzą w gości. Gromka radość ogarnęła rodzinę kanibali.

W tym czasie Naokowa powziął kolejne kroki w realizacji swojego diabolicznego planu. Rozgrzał do czerwoności okazałe kamienie, które położył na dnie wykopanego zawczasu w swojej chacie dołu tuż obok paleniska. Całość przykrył skórzaną płachtą i w spokoju oczekiwał gości. Gdy nadeszli, usadził Bakbakwalanukseewae na honorowym miejscu, w sąsiedztwie paleniska, położył swoje dzieci na stole, a następnie poprosił przybyłych o chwilę uwagi. Wtedy posunął leżące nieruchomo ciało jednego ze swoich jeszcze niezjedzonych synów, a na zwolnionej przestrzeni postawił magiczne pudło. Nacisnął jeden przycisk i uśpił wszystkich z wyjątkiem żony i swoich dzieci, które tym razem postąpiły zgodnie ze wskazówkami ojca, zamykając oczy i zatykając uszy.

Pogrążona w głębokim śnie rodzina kanibali nawet nie zauważyła, kiedy Naokowa wrzucił ich nieprzytomne ciała głowami w dół wprost do dziury z rozżarzonymi kamieniami. „Ham, ham” – zamruczał Bakbakwalanukseewae, zanim wyzionął ducha. Wywleczone z dołu szczątki kanibali, po tym jak Naokowa je poćwiartował i rozrzucił po całym lesie, przeistoczyły się w komary.

5. W naturę zwrot

– To by było na tyle, chociaż nie. Na pamiątkę owych wydarzeń odprawialiśmy do niedawna dość spektakularne tańce plemienne, które miały przepędzać snującego się z eskadrą komarów ducha Bakbakwalanukseewae. Rząd Kanady, dopatrując się w tańcu elementów kanibalistycznych właśnie, zabronił nam kultywowania tradycji naszych ojców. Oczywiście buntowaliśmy się, ale odkąd kilku naszych braci zostało skazanych i uwięzionych, postanowiliśmy z bólem serca zmienić formułę ceremonii. Teraz tylko rozgrzewamy do czerwoności kamienie i polewamy je specjalnym wywarem wzbogaconym o kilka kropel ludzkiej krwi. Jakieś pytania?

– To wszystko? – rzekła Urszula, zachowując w myślach dalszy ciąg: „Mogę już iść? Czy mój samochód jest naprawiony?".

– Niezupełnie, musimy jeszcze czymś przykryć czerwone kamienie na cześć wyczynu Naokowa. Czymś, co symbolizowałoby bezwzględność ludzi, którzy pożerają się nawzajem, by drogą wzajemnej i dozgonnej eliminacji zdobywać trofea, przywileje i wszystkie bogactwa okupione nędzą i nieszczęściem bliźnich.

– O czym mówisz? Co tam chcesz wrzucić?

– Na przykład ciebie.

– Mnie? – zdziwiła się Urszula, bo póki co nie brała słów wodza na poważnie. Gdy wejrzała w jego zionące grobową powagą oczy, straciła żartobliwe nastawienie.

– Czy Urszula to twoje imię?

– Tak. Mam na imię Urszula i...

– Ale czy to twoje prawdziwe imię? – Wódz drążył kamienną twarz dziewczyny, z satysfakcją dopatrując się pierwszych oznak erozji.

– Nie wiem. Nie? – odpowiedziała pytająco, chcąc wreszcie zrozumieć sens zadawania jej wciąż tego samego pytania.

– Na czerwonych skałach niech zatem polegną szczątki dawnej ciebie, Urszuli. Zanieś swoje nowe imię na szczyty chwały zdobytej w służbie natury, Czerwona Jutrzenko.

Nowo nazwana squaw patrzyła swoimi brązowymi oczami, jak wódz unosił ceremonialnie sakwę, do której powędrowały wcześniej ciuchy niegdysiejszej Urszuli. Jego nabożny wyraz twarzy upodabniał go do odprawiającego mszę kapłana z hostią wywyższoną ponad głowy wiernych. Rwący Potok wysypał wszystko prosto na kamienie.

Zawartość sakwy była dla dziewczyny niemałym zaskoczeniem. Ubrania obrócone zostały w składające się z drobnych skrawków szmaciane podobizny sztucznych ludzi, do niej już niepodobnych, bo teraz była sobą, obdartą z metek i etykietek, ciemnowłosą, białą squaw o imieniu Czerwona Jutrzenka. Wiara w jej metamorfozę podparta została kolejnym z zaskakujących ją zdarzeń. Jej naturalnie biała skóra przybrała kolor czerwony, o czym przekonała się, gdy zrzuciła z siebie indiańską suknię.

Pozbycie się ubrania nie należało oczywiście do jej inicjatywy. Zrobiła to zgodnie z rytem ceremonii indiańskiego chrztu. Tak przynajmniej mówił Rwący Potok, jednostka zbyt oświecona i bezinteresowna, żeby kierować się jakimiś bardziej prymitywnymi pobudkami. Nawet nie podejrzewała go o chęć obejrzenia jej piersi i całej reszty. W ogóle nie podejrzewała go o cokolwiek, bo i tak ostatecznie by ją zaskoczył.

Gdy imię do dziewczyny już przylgnęło, do namiotu wparowali rozśpiewani Indianie. Skandowali przy dźwiękach wybijanego na bębnach rytmu słowo „Juta", co było skrótem jej pełnego imienia. Następnie rozłożywszy targane ze sobą koce, przycupnęli, kołysząc się harmonijnie i przewracając oczami. Tym razem też śpiewali, ale coś zupełnie innego. Coś jakby hymn.

„Jesteś załadowanym po brzegi canoe, które podczas rozładunku olśniewa swoim bogactwem. Jesteś urwiskiem góry, po którym spływa na ludzi całego świata lawina dobrobytu. Jesteś filarem, który podtrzymuje nasz świat" – brzmiały nieprzypadkowe, bo głęboko zakorzenione w ich plemiennej tradycji nadawania imienia słowa hymnu.

Gdy przez szczelinę przy skórzanej płachcie wejściowej spływały na twarze niezmordowanych mimo całonocnej fiesty Indian pierwsze promienie słońca, wódz szepnął do przysypiającej na jego ramieniu

Juty, że musi wstać i wyjść na powitanie wschodzącego słońca. Nie doczekawszy się jej reakcji, sięgnął po amforę z wodą, która zdążyła już nieco ostygnąć, a następnie oblał obficie niemogącą się wybudzić dziewczynę.

Postawiona tym sposobem na równe nogi Jutrzenka wybiegła na zewnątrz, podskakując chaotycznie w poszukiwaniu wolnego od zimnej rosy skrawka ziemi. Ostatecznie wylądowała na głazie, który, ku jej zdumieniu, z sekundy na sekundę nabierał czerwonej barwy, szczególnie w bezpośrednim sąsiedztwie jej nagich stóp. Wodząc wzrokiem wyżej, wzdłuż swoich łydek, łona i piersi, spostrzegła spływające powoli strużki czerwonej farby.

Stary wódz wydobywszy się z namiotu, rozprostował szeroko ramiona, niczym ptak szykujący się do lotu. Następnie, aby potwierdzić postawioną przez siebie tezę, że jest nowo narodzony, chwycił w pasie balansującą na kamieniu Jutrzenkę. Chwilę potem znalazła się ona w lodowatym strumieniu, gdzie dołączyli do niej pozostali biesiadnicy z wodzem włącznie. Zjawiły się też dzieci, a każde z nich dzierżyło dumnie po jednym ze szmacianych ludzików. Mali Indianie brodząc po kostki w wodzie, jednomyślnie wypuścili finezyjne sploty, które porwane przez wartki nurt strumienia znikały z pola widzenia przy pierwszym meandrze.

Coraz mniej czerwone, a coraz bardziej siwe twarze stopniowo odczuwały przesilenie witalizmu.

Pojedynczo i grupkami wydobywali ze strumienia swoje wymoknięte ciała, aby jak najszybciej opatulić się grubymi, wełnianymi kocami i ogrzać przy paleniskach. Rwący Potok nakrył Jutrzenkę kocem i wziąwszy ją pod rękę, zaprowadził do swojej chaty, gdzie czekała na nich zaparzona herbata.

– Niezwykłe doświadczenie, czyż nie?

– Tak, Rwący Potoku, czuję się dogłębnie odmieniona, wyzwolona, trudno to opisać.

– Tak, wiem. Polubiliśmy cię, Czerwona Jutrzenko. Naprawdę cię polubiliśmy. Dlatego dostaniesz od nas dwa koce gratis.

– Nie rozumiem.

– Całość płatna gotówką albo kartą zgodnie z cennikiem wywieszonym w barze, gdzie poznałaś Binga. Już daliśmy do poligrafa nowy cennik ze sloganem: „Agroturystyka Czerwony Tatarak – wyprowadzamy ludzi w pole". Myślisz, że chwyci?

– Więc to wszystko była ściema?

– Z pretensjami proszę się zgłaszać do Binga. Jeśli chodzi o twój samochód, to nasz plemienny mechanik, Motorowa Głowa, nie może znaleźć sposobu, żeby przywrócić mu sprawność. Mówi, że z niego już nic nie będzie. Proponuję, żebyś go u nas zostawiła. Oddamy go na złom. Na otarcie łez dostaniesz jeszcze dwa koce.

– Po co mi wasze koce?

– Koce stanowią u nas walutę, tak jak u was dolary. My nie gardzimy waszą walutą, chociaż jej kurs leci na łeb na szyję. Pomyśl, jak łatwo wydrukować dolara, a ile wysiłku trzeba włożyć w utkanie wełnianego koca.

– Nie chcę żadnych koców – odrzekła wyprowadzona z równowagi dziewczyna, chwytając jednocześnie komórkę z zamiarem zadzwonienia po pomoc drogową. Gdy już włączyła swój telefon, przypomniała sobie, że nadal nie ma nic na koncie i nie może nigdzie zadzwonić.

– Dobrze. Ile należy się za tę jedną noc i jak mam się stąd wydostać?

Rwący Potok coraz okazalej prezentował swoją skrywaną do tej pory twarz człowieka interesu, a każdy ceniący swoje rzemiosło biznesmen wie, jak ważna w kontaktach z klientem jest elastyczność. Kierując się więc przede wszystkim dobrem swojego klienta, zaproponował pozornie kłopotliwej, ale dającej się lubić klientce opcję, w ramach której otrzyma jeden koc. Reszta, czyli próby naprawienia samochodu, pogadanka o destrukcyjnym wpływie kultury Zachodu i magiczna noc, poszła w niepamięć i straty wodza.

Dziewczyna przekazana została Bingowi, który właśnie wyprawiał się do Vancouver z kocami i tradycyjnymi indiańskimi sukniami, które wylądować miały w butiku dla znudzonych markowymi ciuchami dam.

– Naturalne jedzenie, naturalne materiały; zauważyłaś ten nieprzerwanie rosnący popyt na wszystko, co naturalne? Czasem odnoszę wrażenie, że natura jest niczym innym jak kolejną z wielu marek. Natura podbija rynek – podzielił się swoją refleksją Bing po kwadransie jazdy w milczeniu.

Jutrzenka nie zareagowała. Była wściekła.

Pomyślała, żeby podczas najbliższego postoju przesiąść się do tyłu. Nie po to, żeby zademonstrować swój gniew ani żeby Bing przestał do niej mówić, ale po to, żeby udusić go paskiem od indiańskiego szlafroka. Nic innego nie przychodziło jej do głowy.

Gdyby nie wilczek, którego obecnie terapeutycznie głaskała, wzięłaby się za to już teraz, narażając się na obrażenia powstałe podczas kraksy samochodowej. Wilczka o mały włos by nie zostawiła. W całym tym zamieszaniu najzwyczajniej o nim zapomniała. Zabierając swoje rzeczy z dawnego samochodu, była tak zamroczona, że przeszła tuż obok szczeniaka, w ogóle nie zwracając na niego uwagi. Na szczęście wilczek pobiegł za furgonem Binga, co teraz dawało dziewczynie bezcenną nadzieję, że chociaż on jej nie oszuka.

Bingowi nie zależało na poprawieniu samopoczucia swojej pasażerki. Było mu wszystko jedno, czy młoda jest gniewna, czy radosna. Lekceważył jej posępnie zmarszczone czoło, brak bielizny, kryzys światopoglądowy, obrażone uczucia. Nie chciał nic wiedzieć o jej potrzebach fizjologicznych i intelektualnych. Nie próbował nawet zgłębić jej kobiecości. Sam zdziwił się, kiedy jego prawa ręka odkleiła się od kierownicy i pofrunęła w kierunku wydętych w złości ust, wdzierając się na pierwszy plan i zasłaniając piętrzące się na horyzoncie szczyty górskie, które do tej pory kontemplowała.

– Co to jest? – mruknęła, rzucając od niechcenia okiem na spoczywającą na dłoni Binga pastylkę.

– Połknij to. Zaraz ci wytłumaczę.

– Najpierw wytłumacz.

– Bo widzisz, siedzisz tu ze mną z wypranym mózgiem, w nie swoim samochodzie, który zamieniłaś na jakiś badziewny koc, i rozkładasz wszystko na części pierwsze, poddajesz dyskusji. Jeżeli się za coś bierzesz i to robisz, to prędzej czy później nadchodzi taki moment, że zadajesz sobie pytanie: „Czy ja tego chcę?". Jeżeli odpowiadasz sobie przecząco, to bierzesz się za coś innego tylko po to, żeby w pewnym momencie zadać sobie znów to samo pytanie. Niemożliwością jest, żeby człowiek bez przerwy robił to samo. Uciążliwością jest natomiast odpowiadanie wciąż na jedno i to samo pytanie. Dlatego wybrałem prozac i już nie zadaję sobie tego pytania.

– Nie mogłeś po prostu powiedzieć, co to jest? – odrzekła, kłębiąc się w swoich nadszarpniętych nerwach, które po raz kolejny wystawione zostały na ciężką próbę.

– Połknij tabletkę. Na pewno ci pomoże... w poprawieniu nastroju, nabraniu dystansu do zmieniających się nie zawsze na lepsze sytuacji, podniesieniu inteligencji społecznej...

– Bardzo wszechstronny ten twój prozac. Czyli on pomaga na wszystko – stwierdziła, nie kryjąc ironii.

– Nie na wszystko – powiedział i przytrzymując kierownicę kolanami, sam łyknął tabletkę przeznaczoną dla dziewczyny, która złapała „psychicznego wilka".

Świst powietrza uchodzącego z jego napompowanych policzków zmusił Naburmuszoną do ukrzyżowania własnych palców. Następnie opuściła w rezygnacji czoło, czekając na zgilotynowanie kolejnym monologiem.

– Jako dziecko cierpiałem na rzadką dolegliwość w postaci niemrawości dolnej wargi, która powstała być może na skutek upadku z kołyski – nie wiadomo. Była to rzecz niezbadana przez logopedów, pedagogów, psychologów i wszelkich innych mędrców. Tak czy inaczej wielką trudność sprawiało mi wymawianie litery f, na którą zaczynało się najpopularniejsze przekleństwo w języku angielskim. Kiedy moi rówieśnicy bluzgali na potęgę, każda podjęta przeze mnie próba wymówienia słowa na f była nieskuteczna i kompromitująca. Dlatego też postanowiłem walczyć z procederem przeklinania. Nie robiłem tego więc z pobudek czysto estetycznych. Donkiszoteria, która do reszty mnie pochłonęła, skrywała głęboko zakorzenione kompleksy. Już mi tak zostało. Walczyłem. Nawet gdy nauczyłem się wymawiać f, gdy mogłem już wymówić swoje imię razem z nazwiskiem: Bing Furmit. Wcześniej, gdy jakaś urzędowa sytuacja zmuszała mnie do podania godności, zdolny byłem wymówić jedynie Bing Urmit. Nieme f przesądziło o mojej nieprawdopodobnej, dozgonnej obsesji językowego puryzmu. Na to prozac mi nie pomógł.

Zmożona cudzymi historiami Urszula poprosiła o wybaczenie i zgodę na skorzystanie z wypełniających tyły samochodu koców i indiańskich szlafroków, na których zamierzała się położyć. Zdobywszy wszystkie przepustki i błogosławieństwa, zapadła się głęboko w kilka wełnianych warstw i bezzwłocznie usnęła.

Śnił się jej Potwór. Nie był to jednak koszmar, a Potwór nie był w ogóle straszny. Siedział na drewnianej ławie, odgrodzony barierką. Chwilę później Urszula zrozumiała, że miejscem akcji jej snu jest sala sądowa. Oskarżony, czyli Potwór, przedstawił się jako Roy Bergman. Sędzia zapytał go, czy przyznaje się do winy. Jego reakcję trudno było nazwać odpowiedzią.

„Bo to było tak... Ja uciekłem z obozu koncentracyjnego i teraz pałętam się samotnie po lesie. Gdzieś na tyłach pałętają się moje dzieci. Moja pierwsza kobieta zostawiła mnie dla faszyzmu". „Czy pan mówi poważnie?" – wtrącił mający problemy z interpretacją słów oskarżonego sędzia. „Właśnie w tym problem, że nie... Bo dawni więźniowie obozów koncentracyjnych mają swój etos, odszkodowania i całą resztę, a ja mam tylko..." – tutaj sen się urwał.

Urszulę wybudził rozdzwoniony telefon, który dzwoniłby jeszcze chwilę, gdyby nie interwencja Binga. Przez mglistą granicę między snem a jawą dziewczyna zobaczyła swoją komórkę przylepioną do ucha Binga.

– Ktoś do ciebie.

– Powiedz, że mnie nie ma – odpowiedziała zbyt głośno, aby rozmówca po drugiej stronie linii rzeczywiście mógł uwierzyć w jej nieobecność.

– Ten ktoś twierdzi, że jesteś – przekazał komunikat Bing.

– A skąd może wiedzieć, czy jestem, czy mnie nie ma? Posiadł wszechwiedzę? Dostąpił ostatecznego oświecenia? Widzi mnie z nieba? – bredziła wniebogłosy półprzytomna, pozbawiając przemawiającego z głośnika komórki mówcę resztek wątpliwości. – Z kim ty rozmawiasz?

– Z twoją babcią. Mówi, że masz coś, co do niej należy.

– Rozłącz się.

Tak też zrobił.

6. Zdemaskowanie

Czasem dramatyzm okoliczności pozbawia sensu pytanie o chęć trwania w stanie robienia czegoś. Bo zdarzają się w życiu takie sytuacje, że coś robić musimy niezależnie od naszej woli.

– Co wtedy? – zapytała Binga. – Jak mamy robić coś, czego robić nie chcemy? – Oto jest pytanie i bolączka wołająca o receptę.

Bing nie wnikał w szczerość nagle wychodzącej z inicjatywą, a do tej pory ostentacyjnie nierozmownej dziewczyny. Większość znaków na niebie i ziemi wskazywała na to, że ten niespodziewany zwrot ku konwersacji był zasłoną dymną dla upiorów przeszłości, które niczym dżin z lampy ulatywały z komórki.

– Więc... – zaczął niewzruszony Bing, łykając kolejną tabletkę i oddając Urszuli telefon – jeżeli musisz, a nie chcesz... Gdy nie możesz zamienić konieczności w dobrowolność, pozostaje ci jedynie zamiana niechcenia w chcenie. Oczywiście nie jest to łatwe, tak samo jak niełatwa jest praca agentów reklamowych, którzy sprawiają, że chcesz kupić coś, czego nie chcesz. Podobnie jest ze spin doktorami, bez których nie głosowałabyś na tych, na których nie chcesz, albo w ogóle byś nie głosowała. Reklama jest dźwignią nie tylko handlu, ale także mordu. Z właściwie ukształtowanym nastawieniem można zabijać bez mrugnięcia okiem. Propaganda, tak się na to dawniej mówiło, ale nawet ona potrzebowała nowej otoczki, więc teraz na to się mówi inaczej. Innym sposobem na uprzyjemnienie sobie znoju czynności niechcianej jest uwypuklanie jej pozytywnych konsekwencji. Tej metody nie polecam. Nie odwołuje się ona do czynności samej w sobie, przez to odciąga od niej naszą uwagę. Trudno jest się skoncentrować na czymś, szukając motywacji w czymś, co będzie później. Nawet jeżeli nam się to uda, ucierpi jakość owoców naszej pracy, naszego niewolnictwa, którego nie można wiarygodnie usprawiedliwić, nawet przed samym sobą. O jaką czynność właściwie się rozchodzi? – przeszedł w końcu do konkretów.

Nadszedł moment, w którym nasza heroina zdecydowała się zdjąć swoją ostatnią maskę. Zdystansowanie, ogólna „wszystko jedność" Binga i uciekający dramatycznie czas przesądziły o wybraniu przez nią właśnie tego momentu. Wierzyła, że Bing mógłby być dla niej nie tyle spowiednikiem czy doradcą, co wierzycielem.

Chodziło o pieniądze, których Urszuli brakowało, nawet pomimo napadu na babkomat. Ciągle było mało, a dług procentował odsetkami.

Urszula miała trudności w podtrzymywaniu kontaktów z ludźmi, z którymi nie sypiała albo od których nie kupowała narkotyków. Pewnego razu przespała się z człowiekiem, od którego kupowała narkotyki. Potem przespała się z nim drugi raz, a w konsekwencji zawiązania się między nimi trwalszej relacji przeprowadziła się do niego. Wtedy już nie kupowała od niego narkotyków. Brała je po prostu z podobną swobodą, z jaką sięga się po dżem czy mleko ze wspólnej półki w lodówce.

Problem polegał na tym, że jej chłopak handlował tylko trawką, a ona miewała ochotę na urozmaicenie. Dlatego na boku zaopatrywała się u innego typa w kokainę, a że nie zawsze miała pieniądze, doszło do przekroczenia formalnej granicy między klientem a sprzedawcą, która powinna być sztywna i nieprzekraczalna jak lada sklepowa. Zauroczona dealerem i jego towarem, jak to po pewnym czasie bywa w relacjach damsko-męskich, uzależniła się i chciała z nim być nie w porywach, ale na co dzień. O jej niewierności dowiedział się jednak ten pierwszy i nazwał Urszulę narkodziwką.

Określenie to wydało się jej krzywdzące i niezgodne z prawdą, dlatego zaprzeczała. On wspaniałomyślnie pozwolił jej udowodnić fałszywość swojego zarzutu, każąc jej oddać równowartość wypalonego na jego koszt zioła. Musiała to zrobić nie tylko dlatego, że on nie dawał jej wyboru, ale przede wszystkim żeby obronić swój honor.

Po tym, jak rozstała się z chłopakiem, ale przed obrabowaniem babci, trafiła na odwyk. Teraz, dzięki swojej matce, której ktoś nakablował, że znowu widziana była w towarzystwie dealerów, mogła znowu na odwyk wrócić.

Urszula nie była jednak złym człowiekiem, czemu wyraz dawała, czule głaskając osieroconego wilczka. Była tylko zagubiona. Nic nieludzkiego.

Przypadkowe odnalezienie pamiętnika zrodziło w głowie dziewczyny diaboliczny pomysł wyciągnięcia jakichś pieniędzy od człowieka, bez którego nie miałaby ani długu, ani zgubnych nałogów z oddychaniem włącznie. Na jednej z ostatnich stron pamiętnika zapisała imię i nazwisko Potwora: „Roy Bergman". Poznała je jako nastolatka, natykając się kiedyś na pokwitowanie odebranych przez jej matkę alimentów. Był tam też adres, ale choć skrupulatnie w pamiętniku zanotowany, mógł ulec niejednokrotnej zmianie.

Bo adresy zmieniają się częściej niż figurujący pod nimi ludzie, nawet ci, którzy w czasach średnich wybijaliby się na stosach ponad normalność, spoglądając z pogardą na gawiedź podkładającą drewno pod żywy płomień, w którym Heraklit widział istotę wszelkiego istnienia.

Słowa wypowiadane przez Urszulę zatrzymały się nad krawędzią międzyludzkiej przepaści. Dalej szybowały tylko ulotne myśli, strzegące się werbalizacji jak ogień wody.

Nieruchomości przemykające za szybą samochodu należały do jednych z najcenniejszych na świecie, co tylko potwierdzało żyłkę do spekulacji dziadka Urszuli, bo to on zadecydował o umiejscowieniu swojej córki i wnuczki i zapewnieniu im bytu po tym, jak Potwór został sromotnie pokonany, w telepatycznym zresztą akompaniamencie co trzeciej osoby, która zapytana na ulicy, czy wystawiłaby własne dziecko na działanie osoby chorej psychicznie, odpowiedziałaby zdecydowanie, że nie! Rzesze pragmatyków myślących o dobru dzieci nie byłyby zdziwione wyrokiem, jaki tamtego czasu zapadł. Roy Bergman przegrał.

Ceny mieszkań poszybowały wysoko, wysoko ponad niebotyczność. Życie Potwora poszybowało nisko, nisko... Zamieszkał w ułożonym z infamicznych etykietek społecznych domku i jedno, czego był pewien, to to, że wszystko, co się wydarzyło, wydarzyło się dlatego, że był w szpitalu. Z tej samej przyczyny nie wydarzyło się też wszystko, co się nie wydarzyło.

Urszula układając w myślach słowa listu do Potwora, miała nadzieję, że w jego życiu zaszły jakieś zmiany na lepsze. Wierzyła jednocześnie w niezmienność jego adresu, co przy pierwszym założeniu było już mniej prawdopodobne, ale wciąż niewykluczone. Niektórzy na przekór zbytkom i sławie tkwią w bezimiennych dziurach, chociaż ta konkretna dziura miała nazwę. Nazywała się Fairfield i znajdowała się przy południowej granicy.

7. Piękna i Giermek

Van Binga mknął bez zbędnych przystanków do samego serca grodu nazwanego ku chwale dzielnego Vancouvera. Poprzebierani w dresy ludzie pędzili co sił w amoku gubienia zbędnych kilogramów. Bing podniósł w geście indiańskiego pozdrowienia otwartą dłoń, kiedy wymusił pierwszeństwo na przejściu dla pieszych i o mało jednego z nich nie przejechał.

Bing wspaniałomyślnie zaproponował Urszuli posadę ekspedientki w butiku z darami od pierwszych narodów Ameryki Północnej, jak nazywani byli Indianie przez wszystkich poza nieświadomymi ignorantami i obrazoburczymi rasistami. W butiku sprzedawane były apaszki od Apaczów, mokasyny od Czarnych Stóp i koce od Saliszów.

Bing wysadził Urszulę na skrzyżowaniu obok parku, wtykając jej wizytówkę z namiarami butiku. Dziewczyna dopiero po chwili odczuła nieadekwatność swojego stroju do panującej temperatury. W powietrzu zawisły pierwsze w tym roku płatki śniegu. Przypominały pierze rozpościerające się po jej dawnym pokoju, gdy stoczyła kiedyś z Potworem bitwę na poduszki. Potwór wygrał. Powiedział jej wtedy coś dziwnego, co później starała sobie odtworzyć. „Urszulko, trenuj przegrywanie".

– Ty jesteś z rezerwatu? – Dobiegł ją zrozpaczony głos siedzącej na murku dziewczyny.

– Nie, to zbieg okoliczności. Normalnie nie chodzę tak ubrana – tłumaczyła się Urszula, opatulając się sztywnym płótnem, z którego wykonana była suknia.

– Nie jest ci zimno? – drążyła nieznajoma, ubrana o wiele cieplej niż Urszula, szukająca teraz schronienia w kokonie z wełnianego koca.

– Jest – odpowiedziała zgodnie z prawdą.

Coś w sobie miała ta dziewczyna, która zagabywała Urszulę. Jej problem polegał na dystrybucji „tego czegoś". Nie mogła się odnaleźć na żadnym rynku koicyjnym. Czy to dyskoteka, czy galeria handlowa – nie wychodziło. Próbowała więc w parku, ale i tak na niewiele się to zdało. Mimo wielkiej determinacji nie szło jej w tych sprawach. Gdyby każdy rodził się z mottem wypisanym markerem na czole, na jej czole napisane byłoby: „Prawdziwe piękno jest ukryte, szukaj głębiej, głębiej, jeszcze głębiej... Tak! Szukaj! Nie przestawaj... Jesteś blisko!!!".

– Czy mogę być twoim giermkiem? – zapytała Urszulę, trzepocząc mozaiką naszywek pokrywającą jej prześmierdły winem i nikotyną płaszcz.

– Słucham?

– W poszukiwaniu przygód miłosnych chodzę po parku, ale żaden królewicz nie chce mnie nawet zagadać. Co innego, gdybyśmy stworzyły tandem. Chłopcy znęceni twoim wdziękiem siłą rzeczy obcowaliby też ze mną. Od zwrotów grzecznościowych poprzez wychylenie wina do ucieleśniania grzesznych myśli. Jesteś naprawdę ładna i byłabyś dobrym rycerzem, a ja byłabym twoim giermkiem. Nosiłabym rynsztunek twojej kobiecości.

Zanim Urszula zdążyła udzielić niekoniecznie pozytywnej odpowiedzi na złożoną jej ofertę, zainteresował się nią przechodzień, któremu najwyraźniej nagle przestało się spieszyć. Po krótkiej chwili, jaką poświęcił na przyglądanie się Urszuli, przekazał jej wyrazy niepokoju i troski.

– Co się stało? Stoisz tu sama niemal bosa, a taki ziąb na dworze. Tak nie może być – rzekł, ukazując rąbek swojej łysiny przy powitalnym uniesieniu kapelusza.

Już się brał za zdejmowanie płaszcza, kiedy o swoim istnieniu przypomniał nieprzerwanie stojący obok giermek.

– Ona nie jest sama. Ona jest ze mną – upomniała go, podręcznikowo trzepocząc rzęsami i udając tym samym, że niby coś jej wpadło do oka i trzeba się nad tym pochylić.

– Przepraszam, nie zauważyłem cię, droga panno – usprawiedliwiał się, nadal jej nie zauważając.

„To nic..." – pomyślała i ze spokojem słuchała komplementów, jakimi obrzucał Urszulę Verne Miles, bo tak nazywał się przechodzień. Przekonywała samą siebie, że były to komplementy bez realnego pokrycia, które zanim się urzeczywistni, będzie musiała przekierować na siebie. Znowu przychodziło jej odegrać rolę dróżnika. Kolejny raz te niezaadresowane do niej pochlebstwa, puste wagony cliwych słów, z których wyjść miały tępe, ociemniałe chucie, cały ten pociąg do szeroko pojętej „innej" przekierować miała na siebie.

W pewnym momencie Verne oderwał oczy od Urszuli, którą był jawnie zauroczony, następnie wyjął zza pazuchy lornetkę, przystawił ją do oczu i wykonał piruet, a wszystko po to, żeby bez cienia wątpliwości móc Urszuli przyznać, że jest najpiękniejszą dziewczyną w promieniu stu metrów. Takie miał metody.

Urszula nie protestowała, gdy Verne zasugerował zmianę miejsca. Chodziło mu głównie o to, żeby się zagrzała i przebrała w coś cieplejszego. Miał w domu damskie ubrania. Były to pozostałości po jego niedawnej partnerce. Łatwość, z jaką Urszula wchodziła z nim w komitywę, uwarunkowana była jednak czymś innym. W rozmowie wyszło, że za pomocą

„sieci" Verne wyławia zlecone ryby. Płotki i te grube. „Mógłby równie dobrze wyłowić Potwora" – pomyślała dziewczyna. Był researcherem, chociaż sam preferował termin: detektyw internetowy. Określeń tych jednak w kontakcie z Urszulą unikał. Nadal myślał, że jest ona prawdziwą Indianką, przy której myśli w słowa ubierać należy bardziej obrazowo.

Czasem jego wzrok opadał poniżej jej pozornie indiańskiej twarzy, ku egzotycznie odkrytym, biorąc pod uwagę nieprzychylności pogodowe, nogom, za którymi wiernie podążał mały wilczek. Równie dobrze mógłby polować na gołębie, wyć razem z syrenami karetek albo szczekać na przechodniów, ale on się nie oddalał i nie tracił kontaktu z obnażonymi kostkami Urszuli, może z przywiązania czy z wdzięczności, a może w utopijnej nadziei skorzystania na tym. Może po prostu chciał być człowiekiem.

Po pewnym czasie i zmianie miejsca akcji na mieszkanie Verne'a na obrusie znalazło się ułożone na zdobionej w delfiny tacy modre szkło, wypełnione po krawędzi wodą ognistą. Verne był koneserem wszelkich użytkowych bibelotów o przerastającej ową użytkowość formie. Nie mógł oprzeć się ciemnej głębi błękitnych ścianek kielichów do koniaku. Musiał je kupić, kiedy tylko je zobaczył. Taca z delfinami należała do wykopalisk z jego zrujnowanego związku. Już dawno zmył z niej ślady niechcianych wspomnień, zostawiając tylko czystą formę, która cieszyła zmysły bez obciążeń sumienia.

Kiedy Verne skłaniał się ku zrobieniu tego niewinnego, małego kroku... kiedy miał już przejść od słów do czynów, które oglądał oczyma wyobraźni od samego początku znajomości z piękną squaw... kiedy jego dłoń skradała się po miękkiej skórze, którą obita była sofa, ku pachnącej żywicą, dopiero co wyjętej z dziewiczej natury, pięknolicej dzikusce... wtedy pojawił się znak, bynajmniej nie dymny, znak z przedpokoju. Ktoś zapukał do drzwi. Momentalnie oprzytomniały Verne poszedł je otworzyć i zastał jedynie kartkę papieru, a na niej swoje następne zlecenie. Kolejna plącząca się w sieci rybka hipotetycznie zrobiła jakieś świństwo. Chodziło o domniemaną niewierność i wiążące się z nią podejrzenia oraz podstawy do sprawy rozwodowej. Takich przypadków miał najwięcej.

Wrócił wybity nieco z rytmu i wychylając kieliszek, zatopił wzrok w utkanej delfinami zastawie.

– Wiecie, że delfiny są inteligentniejsze od szympansów? – szukał ponownego kontaktu.

– Nie wiedziałam – wyprzedziła otwierającą już usta Urszulę osoba zapomniana, a przecież nadal im towarzysząca.

– Mogłabym cię o coś prosić? – zwróciła się do Verne'a Urszula.

– Ależ oczywiście.

– Mógłbyś kogoś dla mnie sprawdzić?

– Podaj imię, nazwisko, mniej więcej miejsce zamieszkania...

– Roy Bergman, Fairfield, wystarczy?

– Zaraz się okaże – wyszeptał poufnie, otwierając notebooka i oddając się do reszty tropicielstwu. Był czarodziejem, który wystukiwał w klawiaturę kolejne zaklęcia. Był odkrywcą wszystkiego, co poufne i nieupublicznione. Kłopoty, jakie sprawiało mu odnalezienie jakichkolwiek śladów Bergmana, przerastały jego definicje wirtualnej dyskrecji. Coś z tym Bergmanem było nie tak albo...

– On nie istnieje.

– Słucham? – zapytała, splatając ręce w przegubach, jakby miała na sobie kaftan bezpieczeństwa. Zrobiła to nie dlatego, żeby sprawdzić, czy sama istnieje, ale tak po prostu, bezcelowo, mimowolnie.

– Roy Bergman nie istnieje. Nie ma o nim nic w internecie. Kto to jest ten twój Bergman? Wędrowny pustelnik?

– To mój ojciec... – odpowiedziała, przysłuchując się ze zdziwieniem dźwiękowi ostatniego słowa – ... biologiczny.

– Czyli ty nie nazywasz się Bergman? – drążył, dając upust mechanicznej wścibskości, swojemu zboczeniu zawodowemu.

– Nie, nazywam się Nevil, Urszula Nevil – przedstawiła się, podając dłoń. Tożsamość dziewczyny była dla Verne'a nowiną wstrząsającą i przyczyną natychmiastowego zmieszania. Przeprosił gości i wyszedł do kuchni, skąd zatelefonował do jednego ze swoich zleceniodawców.

Tego wieczoru już nie pił. Wieczór ów miał się zresztą ku końcowi, przynajmniej dla Urszuli. Niebawem nadejść miała noc. Detektyw przyjrzał się kobiecie-giermkowi i doszedł do wniosku, że z jego talentami do wyszukiwania detali w stogu www prędzej czy później... znajdzie to ukryte piękno, które w sobie miała, bo każdy je ma. Tymczasem musiał poczekać. Przyciszył muzykę i nadsłuchiwał dochodzących z przedpokoju dźwięków. Oczekiwał gościa, którego wizyty Urszula powinna się obawiać, chociaż nie był to straszny gość.

W pewnym momencie swoje zachowanie mężczyzna uznał za podejrzane. Przywołał się więc do porządku i dalej grał swoją rolę przypadkowego podrywacza. Otworzył szafę, w której w gąszczu różnorakich płaszczy i marynarek znalazł coś ciepłego, tradycyjnego i nowoczesnego jednocześnie – futro z guzikami w kształcie latających spodków. Niby mały detal, a ze zwałów owczej skóry czynił ciuch odlotowy.

Urszula zaprowadzona została do sypialni, gdzie w odosobnieniu odbyć się miała przymiarka nie tylko futra, ale też innych, spodnich odzień. Najpierw jednak musiała zrzucić z siebie indiańską suknię. Zrobiła to tuż przed tym, jak Verne w sąsiednim pokoju otworzył notebooka. Na ekranie, dzięki transmisji z wszechobecnych kamerek, widział wszystko, i to w dużej rozdzielczości. Gdy Urszula w każdym z symbolizujących ją na ekranie pikseli świeciła absolutną golizną, Verne o mało nie zapomniał o dziewczynie-giermku, która bezprecedensowo usiadła tuż obok niego. Mogłaby wszystko zobaczyć, ale w samą porę Verne trzasnął klapą notebooka, zamykając tym samym sypialniany przekaz. Rozległo się też pukanie do drzwi.

Po chwili w tym samym momencie do pokoju weszły dwie osoby dramatu. Każda z nich na swój sposób wyjątkowa.

Pierwsza pojawiła się piękna niczym Wenus, młoda, bo u zarania swojego dwudziestolecia, i najzwyczajniej gorąca Modern Squaw opatulona w futro futuro, które piętrzyło się swoim pienistym kołnierzem aż po uniesiony wysoko podbródek. Efemeryczna bogini, która odrzuciła wszystkie swoje boskie maski i zstąpiła między ludzi. Nie była już Czarnym Kapturkiem ani Kitty, ani Jutrzenką. Stała dumnie, boska, bosa. Na jej twarz wdrapywał się uśmiech. Szczerzył się i szerzył po kąciki ust. Nie zagościł tam jednak nazbyt długo, bo Wenus na widok tej drugiej osoby niechybnie sposępniała.

Kobietka-giermek spoglądała to na Urszulę, to na tę drugą. W ich krzyżujących się spojrzeniach widziała konflikt, który był jej na rękę w imię zasady, że gdzie dwóch na siebie patrzy spode łba, tam trzeci odchodzi z podniesionym czołem i jakąś korzyścią.

Korzyści, które by ją zadowalały, nie były wygórowane. Nie wierzyła w cuda, co najwyżej w życie w pożyciu, na które czekała cała drżąca.

– Cześć, mamo. – Przepędziła nieznośnie treściwą ciszę Urszula.

Jej matka przez dłuższy czas nic nie odpowiadała, a powiedzieć mogła cokolwiek. „Niemądrze, słodziutka moja, postąpiłaś, goryczą i niepokojem wypełniając czachę mą. Niedobrze, że po raz kolejny okazałaś się taka słaba i że wszystkie opłacone szczodrze twe nauczki poszły w las...". Tego nie powiedziała. Nie powiedziała też, że ją kocha, że tęskniła, że wszystko będzie dobrze. Nic nie mówiła i wręczywszy Verne'owi plik banknotów, chwyciła swoją córkę za rękę, szukając wyjścia, bo w nerwach dostawała rozstroju orientacji w terenie. Ostatecznie wyszły, zwalniając przestrzeń życiową Verne'owi i kobiecemu giermkowi, czyli kryzysowym kochankom, którzy w niepohamowanej pasji chędożenia strącili jeden z modrych kielichów. Szkło szczęśliwie ocalało. Na dywanie została brunatna plama po burbonie.

8. Powrót

I znowu Urszula złapana została na zarzuconą przez jej matkę niczym lasso pępowinę. Znowu musiała wysłuchiwać żałosnych lamentów i litanii obietnic, jak to wszystko będzie dobrze, kiedy tylko odstawi narkotyki i wróci do świata ludzi rozsądnych. Pojawiły się też kontrowersje wokół małego wilka, który przed matką uchodzić miał za zwykłego psa.

Starsza Urszuli nie mogła obiecać, że pod nieobecność córki nie wysterylizuje wilczka. Była zwolenniczką eugeniki i antykoncepcji. Jeżeli wszystkie psy i koty w jej najbliższej okolicy nie były wysterylizowane i jeżeli wszystkie małoletnie dziewczyny nie były obklejone plastrami antykoncepcyjnymi, ona nie mogła zaznać spokoju. Urszula znowu musiała przygaszać świtającą w jej głowie, niechcianą i uciążliwą myśl. Nie lubiła się pytać samej siebie o przyczyny obsesji rodzicielki. Trudno jej jednak było oprzeć się wrażeniu, że jej matka ciążę traktowała jak coś gorszego od choroby, bo nie mamy moralnego obowiązku opiekowania się bakcylem czy wirusem, czy innym ciemiężycielem. Inaczej jest z płodem.

Nieobecność Urszuli wiązać się oczywiście miała z jej kolejnym pobytem w jakimś odwykowym kurorcie.

Wilk normalnie, po ludzku siadł na krześle. Siedział tak chwilę, zanim zgoniony został przez matkę Urszuli. Wydarzyło się to w domu na przedmieściach, gdzie Urszula spędziła większą część swojego dzieciństwa i gdzie teraz siedziała: w kuchni nad filiżanką kawy.

Na piętrze słychać było powłóczenie nóg seniora rodu Nevilów. Przyjechał sprawdzić, jak się ma jego inwestycja, której cena rosła z każdą sekundą, przyspieszając na skutek zlecanych przez niego innowacji i remontów.

Zrezygnowana Urszula czekała na niezwykle popularny w tych stronach obrzęd potocznie zwany interwencją. Przybyć mieli wszyscy, którym marnotrawienie się Urszuli w jakiś sposób przeszkadzało. Interwencje najczęściej odbywały się wieczorami i polegały na zbiorowym praniu sumień w mieszaninie bluzgów i czułości. Gdy wszyscy wszystko sobie już wyrzucili, rozpoczynała się orgia trzymania się za ręce i poklepywania po plecach.

Urszula nie miała wyjścia, musiała przez to przejść. W międzyczasie jednak, za przyzwoleniem swojej matki, oddaliła się do pokoju, który za lat szczenięcych zajmowała. Ku swojemu zadowoleniu nie wpadła po drodze na dziadka, który zniknął gdzieś na tarasie.

Cztery ściany przywitały ją miłym zapachem, który dobrze znała, ale nie potrafiła go nazwać ani opisać. Położyła na łóżku swoje opatulone w koc manatki i powiesiła futro w szafie. Nie bardzo jednak wiedziała, co ma ze sobą zrobić.

Wyjęła z tobołka pamiętnik. Otworzyła na losowej stronie. Jej oczom ukazała się karykatura dawnego kolegi z ławki i łóżka.

Nazywał się Luke. Z literatury miał dwóję i nie był to fakt, który można pominąć. Nie dziwił się temu jednak zbytnio. Trzy lata zimnej wojny, niezmierzone ciągi bitew. Rakiety masowego rażenia gotowe do startu z jego ławki i jej biurka. Potyczki słowne. Głowa nabita biografiami, cytatami, analizami. Słowa wyczekujące mobilizacji i żegnające się ze symulującym chorobę, a w istocie zdrowym rozsądkiem. Trudno wymagać od wroga, żeby już po wszystkim cię docenił. Nie każdego stać na taką wspaniałomyślność.

Na proponowane warunki rozejmu w postaci trójki nie przystał. Uniósł się honorem, który później trochę go kosztował. Przez niską średnią ocen Luke nie dostał się na studia. Urszula się dostała, żeby w niedługim czasie w tumanach konopnego dymu z nich wylecieć.

„Literatura powinna być w miarę blisko życia i w literaturze, żeby była intrygująco piękna, powinno być gęsto od konfliktów. Nie należy jednak z premedytacją wchodzić w konflikty z ludźmi tylko po to, żeby coś napisać. Konflikty same nas odnajdą. Wystarczy być sobą, co powinno być łatwiejsze od pędzenia żywota zmieniającej kolor skóry gadziny czy ogólnie zlewania się z prądem ścieku oportunizmu…" – tak Luke skomentował swoje szkolne wyniki potyczek na lekcji literatury. Słowem „literatura" określał zresztą wszystko, co napisał, nawet jeśli byłby to tylko jego numer telefonu na pomiętoszonym bilecie do kina, załączniku wklejonym na stronie pamiętnika.

Urszula zaczęła się zastanawiać, czy nadal uparcie wali głową w mur, nazywając każdy swój manuskrypt literaturą. Czy jeżeli teraz wykręciłaby zapisany na bilecie numer, przyjechałby i zaparkował ten sam stary pikap, w którym ją pierwszy raz pocałował. Chociaż to może ona go pocałowała. Ta kwestia nigdy nie została wyjaśniona. Byli wtedy zamroczeni.

Nagle otworzyły się drzwi i w progu stanął Zegarmistrz Światła.

– Zgaś światło, Urszulko. Jeszcze widno za oknem, a liczniki biją.

– Cześć, dziadku.

Niepotwierdzone w żaden sposób domniemane mistrzostwo Luke'a we władaniu piórem było jednak niczym w porównaniu z...

Urszula pamiętała, jak kiedyś, w nagłym ataku megalomanii, nie mógł przestać powtarzać jednego zdania: „Ja, Luke Coolhand, jestem mistrzem świata w dziedzinie Urszula Nevil". Mówiłby to chyba do końca wszechświata, ale przestał, gdy przemówiła ona. W tej samej zresztą manierze: „Ja, Urszula Nevil, jestem mistrzem świata w dziedzinie Luke Coolhand".

Urszula wyszła do przedpokoju, w którym znajdował się starodawny telefon – antyk, którego cena rosła z kosmiczną prędkością. Wykręciła numer i wróciła do siebie, przytrzaskując drzwiami napięty kabel od słuchawki. Cisza trwała zbyt długo, aby Urszuli udało się zatrzymać pewność siebie. Ręce jej drżały, a z nimi słuchawka i kabel, przez który ciągnął się korowód jego twarzy. Miał wiele twarzy i żadnej maski. Sam to stwierdził i nie było sensu poddawać tego pod dyskusję. Posiadał monopol na prawdę o sobie.

Każda samowolnie przyczepiona etykietka nazywana była przez niego epigramem albo hagiografią, jeśli opis był bardziej treściwy.

Szumiący sygnał względnie wiecznego oczekiwania napływał falami i falami opuszczały Urszulę siły, co szczególnie odczuwała w przegubach uginających się nóg. Krople deszczu już od jakiegoś czasu bombardowały szybę. Nie zwróciła na to wcześniej uwagi. Zawieszona na światłowodzie zapominała, co miałaby powiedzieć, przypominając sobie jednocześnie jego głos. Czekała niecierpliwie, a na końcu była tylko grobowa cisza. Nikt nie odebrał. Telefon mógł być nieaktualny. Coś mogło się stać. Poddała się. Wołali ją z dołu.

Urszula zeszła po schodach do salonu. Wszyscy byli już na miejscu. Przechodziła przez to kilkakrotnie. Wiedziała, co będzie dalej. Obsiądzie ją stado aniołów stróżów. Za pierwszym razem je odganiała. Teraz już wie, że to nie ma większego sensu, a jedynie przewleka całą ceremonię.

– Zebraliśmy się tutaj... – zaczął dziadek, najwyższy wiekiem i statusem członek „rodziny", czyli stowarzyszenia ludzi blisko ze sobą spokrewnionych i skłonnych dla ich hermetycznie ujętego dobra oszukiwać, kraść i gwałcić rozmaite normy moralne. Mechanizm progresu rodziny opierał się na merkantylizmie. Rodzina swoje potrzeby załatwia na zewnątrz, żeby potem we własnym gronie opowiadać najnowsze dzieje, sumować upolowaną mamonę, dzielić ludzi z zewnątrz według własnych miar na zwycięzców i przegranych i porcjować zagarnięte dary ludzkiej dżungli. Zegarmistrz Światła nie skończył, więc zaczął jeszcze raz, mniej patetycznie, bardziej bezpośrednio i rzeczowo. – Siadaj, Urszulko, tutaj, przy matce – rzekł, wskazując jedno z okalających stół krzeseł.

Gdy Urszula przybrała już pozycję siedzącą, wspomniana wyżej matka chwilowo zastąpiła Zegarmistrza w prowadzeniu procesu.

– Czy Urszula zechce złożyć oświadczenie? Czy czuje się winna, czy winą znowu będzie obarczać nas, Rodzinę, która zawsze ci pomaga? Nie należy się pytać, co Rodzina może zrobić dla ciebie, ale co ty możesz zrobić dla Rodziny – rzekła ciocia.

– Co się stało z samochodem? – dodała matka.

– Zobaczysz, skończysz jak twoja babka. Pójdziesz do lasu zapuszczać brodę – prognozował złowieszczo Zegarmistrz.

– Co zrobiłaś z jej emeryturą? – krzyczała matka. – Zamieniasz się w Potwora – łkała ta sama, dwojąca się i trojąca matka.

– Zamienia się, bo ją zaprogramował. Za późno… – Dziadek nie rozwinął w pełni swojej myśli, bo w twarzy Urszuli rzeczywiście dostrzegł coś nieuchwytnie potwornego. Było to niemal niewyczuwalne, jakby przesuwanie się płyt tektonicznych, niewidoczne, ale decydujące o obliczu planet.

– Nie idź tą drogą, Urszulo. Od trawki do strzykawki. Stoczysz się – rzekła ciocia o języku niewiernym, a nawet niewierzącym w stosowność werbalizowania własnych myśli. Do znudzenia używała tych samych powiedzonek, poprzekręcanych cytatów, które traciły szyk, a czasem i sens. Urszula czuła obrzydzenie. Kojarzyło się jej to z wielokrotnym użyciem prezerwatywy. Obrzydliwości nie mogło zniwelować nawet wyobrażenie pierwszego dostojnego użytkownika jakiejś myśli. Ciągle ją to brzydziło. Niezależnie, czy ojcem „aforyzmu" był geniusz czy idiota.

Strumień pytań uderzał z impetem w milczącą Urszulę, która pod jego naporem oddalała się od stołu z nieomylnie gadającymi głowami. Były to podróże tylko w myślach. W niedługim czasie wyprawiona pewnie zostanie w podróż rzeczywistą. Do dalekiej i strasznej krainy zwanej abstynencją. Panuje tam niezwykle surowy klimat. Powietrze ostre i ciężkie od samokrytyki prostuje krzywe zwierciadła i odbarwia różowe okulary. Tylko ona była prawdziwa, abstynencja, odgrodzona wysokim murem tego zmyślonego świata.

Nagle stołem, krzesłami i każdym członkiem Rodziny zatrząsł gromki śmiech. Ktoś opowiedział jakiś kawał i własnym, mechanicznym chichotem zaznaczając miejsce, w którym ów kawał się skończył, rozpętał bombardujące zewsząd Urszulę gromkie salwy śmiechu. Kiedy śmieją się wszyscy z jednym wyjątkiem, można odnieść wrażenie, że to właśnie ten wyjątek jest źródłem śmiechu. To „coś śmiesznego" pierwotnie powiedziane zostało nie przez ciocię.

Ona, a konkretnie jej usta, pełniła jedynie posłannictwo. W jej wyścielonej brukową prasą i aforyzmami z kalendarzy pamięci zawarty był obszerny zbiór elementów o wszelakim pochodzeniu i zastosowaniu. Cokolwiek to było i ktokolwiek powiedział to po raz pierwszy, Urszula nie chciała tego słuchać, a tymczasem ciotka znowu coś cytowała, gestykulując przy tym w najmodniejszym i najbardziej medialnym stylu.

Urszula chciała rzucić czar na ciotkę, żeby jej podniesione, trzepoczące pretensjonalnie palcami ręce zastygły w górze. Żeby już nie mogła ich nigdy opuścić. Bo i tak wszystko, co mówi, to nie są jej słowa, tak jak ona nie jest ciocią Urszuli, a jedynie uzurpatorką, która wkradła się do rodziny Nevilów przez łóżko seniora rodu.

– Co myślisz o ludziach, którzy śmieją się nie z własnych, ale przez siebie opowiedzianych dowcipów? – zapytała ze spokojem w głosie Urszula.

– Może jestem stary, niedzisiejszy, Urszulko, ale ja uznałbym takie zachowanie za mało kulturalne – odezwał się Zegarmistrz, cofający swój zegar biologiczny.

– Nie, dziadku, nie jesteś stary. Co prawda, jesień życia jest już właściwie za tobą. Zima też jest za tobą. A co jest po zimie? – szła za ciosem Urszula.

– Zachowujesz się skandalicznie – przypomniała o swoim istnieniu matka Urszuli.

– Ja się nie obrażam. To był chyba komplement – uspokajał swoją córkę Zegarmistrz, który zamieniał czas w pieniądz, a pieniądz w czas spędzony u boku swojej dawnej sekretarki, przyszytej do rodzinnego stołu w miejscu, w którym siedzieć powinna teraz babcia Dessa. Urszula nie protestowałaby, gdyby to miejsce i wszystkie pozostałe były teraz puste. Bardzo chciała, żeby całe to towarzystwo się ulotniło.

Urszula, która za sprawą babci Dessy co nieco wiedziała o magii, nigdy nie słyszała o zaklęciu, które zamieniałoby ludzi w trawę w celu złożenia całopalnej ofiary ku czci chwilowo lepszego samopoczucia. Nie chodziło jej w tym momencie o jej własne samopoczucie. Nie myślała bezpośrednio o sobie. Gdyby znała to zaklęcie, wpakowałby wszystkich tu obecnych do wielkich pieców i przemienionych w wyniku spalania w dym uwolniłaby od uciążliwości istnienia przez kominy, z których odpływaliby ku niebu, żeby ten ktoś tam na górze w końcu się wyluzował i przestał zsyłać na nią te wszystkie klęski.

Demon pierwotnego chaosu, który pożerał wszystko, co sztucznie uporządkowane, najpierw się prosił, a w końcu samowolnie przez zaciśnięte zęby Urszuli wydobył na światło dzienne. Pętając język dziewczyny, wykrzesał z niego najważniejsze ze wszystkich słów. Urszula nie mogła tego zatrzymać. Musiała to powiedzieć, więc powiedziała lekko podniesionym tonem:

– Nie!

Żadne inne słowo nie podkreśla tak dosłownie i dobitnie naszego istnienia jak niezmiękczone, absolutne „nie".

W salonie zapanowała cisza. Rodzina lustrowała swoje twarze w poszukiwaniu adresata jednosłownego manifestu Urszuli, a ona piękniała w swoich fatalnych oczach i lekkim uśmiechu. Z jej ust uchodził jeszcze dym po niedawnym wystrzale. Powiedziała „nie" – najpiękniejsze słowo świata. „Nie" – jak mawiał jej Potwór-psychopata. Nie widziała najmniejszego sensu pozostania przy stole choć sekundy dłużej. Wstała więc i w powolnym rytmie kiwania się dziadkowej głowy odeszła.

– To samo na koniec powiedział Roy, kiedy ostatnio z nim rozmawiałam – przypomniała zebranym ciotka-nieciotka, prezerwatywa prezesa biura maklerskiego, która została kilka lat temu wysłana do Roya Bergmana z misją specjalną. Chodziło o podpisanie jakichś papierów. Potwór czuł się wtedy nie najgorzej, co sam wiązał z tym, że nie ogląda już dziennika telewizyjnego i ogólnie nie interesuje się życiem politycznym. „Nie", które emisariuszka Nevilów usłyszała wówczas od niego, było tak druzgocąco przeciwne całemu światu, że nie pamiętała już kontekstu, w jakim się pojawiło. Papiery podpisał, ale nie swoim nazwiskiem, więc się nie liczyło.

„Nie, nie, nie, nie" – miała w zwyczaju, według rodzinnej legendy, mówić roczna Urszula, która spoglądała teraz na swoją starszą wersję ze zdjęcia stojącego na jednej z półek w jej pokoju. Babcia Dessa jej o tym powiedziała. W ogóle z tego całego towarzystwa Urszula najbardziej lubiła babkomat. Nawet kiedy nie miał gotówki na stanie.

Przez niedomknięte drzwi dotarły do niej jeszcze słowa dziadka, który w asyście jej przyszywanej ciotki forsował dość strome schody na piętro:

– Było jej za dobrze. Rozpieszczona smarkula jedna. Życie powinno być lekkie, ale od pewnego momentu. Gdy jest lekkie od samego początku, to się potem tej lekkości nie da udźwignąć.

By nie narażać się na inspekcję Zegarmistrza, Urszula włączyła lampkę w swoim wielofunkcyjnym urządzeniu, przeszywając światłem jedną z kartek pamiętnika tak przenikliwie, że widoczne były zapiski z awersu strony i każde wgłębienie z rowkami po wypisującym się długopisie.

Wyłączając swoją wrodzoną funkcję zaprzeczania, zadała sobie dręczące ją pytanie: „Czy możliwe jest to, że kiedykolwiek spotka się z Potworem?". Pomijając już pieniądze, które mogłaby od niego uzyskać, co nie było zbyt prawdopodobne, myślała o zwykłym przywitaniu, zamienieniu kilku słów i pożegnaniu. Mogłaby oczywiście liczyć na przypadek albo zrządzenie boskie, ale znała życie i wiedziała, że przypadki są z reguły beznadziejne. W spotkanie w niebie nie wierzyła. Nie dlatego, że bała się niepodołania wymogom niebiańskiej komisji rekrutacyjnej albo że on miał im nie podołać. Najzwyczajniej należała do ludzi, którzy nie mają potrzeby, żeby wierzyć w istnienie nieba. Istnienie piekła by jej wystarczyło. Co nie znaczy, że się do piekła wybierała.

Refleksje powyżej zrelacjonowane snuły się równolegle do sznura z posplatanych marynarskimi węzłami, dość szerokich tasiemek indiańskiego koca, który wcześniej Urszula rozczłonkowała nożyczkami. Bo w całej tej podszytej wewnętrznym chaosem wojnie aktualnie ograniczał ją tylko jej własny pokój, i to z oknem na niezliczone możliwości. Wystarczyła teraz odpowiednio zainstalowana nić porozumienia z tymi możliwościami. Nić, dzięki której wydobędzie się ze złotej klatki zakupionej przez władającego talentami króla Minosa – dziadka. Nie było innego wyjścia, innego sposobu na uniknięcie ożenku z czcigodną, lecz zaborczą trzeźwością i perspektywą wielomiesięcznego miesiąca miodowego w zamknięciu, a czasy dodatkowo były niepewne. Czas przeszły mieszał się z przyszłym tak intensywnie, że jakakolwiek teraźniejszość wydawała się być iluzją. Każdy ludzki i nieludzki element otoczenia był jednym wrogiem. Wyjątków Urszula nie liczyła, bo tylko potwierdziłyby regułę, że tego nie da się wytrzymać.

Z ostatnią wypłatą z babkomatu, konfidenckim futrem, wilczym szczeniakiem w szkolnym plecaku, zapiskami z okresu dorastania i zamiarem uśpienia wybudzających się ze snu demonów szybowała w dół, wyciągając w trakcie lotu wniosek, że indiańskie koce nie są najlepszym materiałem do produkcji sznurów.

Wylądowała na żywopłocie i bezzwłocznie się podniosła, chociażby z ciekawości, czy coś ją zaboli, a zabolała ją kostka. Kuśtykając, wydobyła się z okalających elewację domu zarośli. Kiedy przekroczyła granicę podwórka willi Nevilów, czuła, że najbardziej krytyczny moment ucieczki ma już za sobą. Wypuściła wilczka z plecaka i poszła wzdłuż ulicy w kierunku śródmieścia.

Nagle poczuła na sobie czyjś wzrok. Stworzone, aby na nie patrzeć, kobiety mają oczy dookoła głowy i od razu wiedzą, czy przypadkiem ktoś ich nie kontempluje, a jeśli tak, to dlaczego. Czy dlatego, że podglądacz jest chowającym się w ciemnym zakamarku zboczeńcem? Czy może jest to po prostu to mityczne pierwsze spojrzenie, przebiśnieg miłości, zwiastun długiej jak życie telenoweli, fundament wspólnej mogiły, na którą jej nienarodzone dzieci, wnuki i prawnuki znosić będą świeczki, wieńce i najpiękniejsze kwiaty, jakie tylko mogą wyrosnąć.

Było dość ciemno, ale światło latarni znajdującej się za niezidentyfikowanym osobnikiem podkreślało kontury jego sylwetki, zdradzając, że ma na sobie pelerynę. Lekki powiew wiatru utwierdzał w tym Urszulę. Falująca w podmuchu chłodnego powietrza ciemna płachta umocowana była tuż pod szyją, a na tej podstawie można odróżnić pelerynę od niezapiętego płaszcza. Nie był to więc ekshibicjonista, najprawdopodobniej.

Nieznajomy zbliżał się do Urszuli. Krok miał nierówny, wybujały. Jakby jego stwórca zbudował go z dekomponujących się elementów znalezionych na miejscu katastrofy lotniczej. Dziewczyna mogła pomyśleć, że mężczyzna jest pijany, a zamiast tego odtwarzała najstraszniejsze sceny z filmów o Frankensteinie, chociaż ciemna peleryna powinna jej raczej przypominać o transylwańskim hrabim, który lubował się w siorpaniu krwi kobiet w jej przedziale wiekowym.

– Czy my się znamy?

– Nie wiem, ludzie się zmieniają, pewnie się zmieniliśmy, więc pewnie się nie znamy. W końcu tyle czasu minęło.

– Luke – zaświergotała ekstatycznie.

– Kitty – nazwał ją po staremu, poprzez uśmiech zdradzając wampirze uzębienie.

– Dzwoniłam do ciebie. Czemu nie odbierałeś?

– Oddzwoniłem, ale odebrał ktoś inny. Nieważne...

– Dzisiaj jest Halloween?

– Wczoraj było – sprecyzował, zachwiawszy się na nogach w trakcie sprawdzania godziny. Był mocno wcięty. Na tyle mocno, że nie głowił się na tym, jak Urszula mogła przeoczyć to jedno z najważniejszych świąt. – Kitty! – powtórzył o wiele głośniej. – Pamiętasz mnie? Jestem mistrzem świata – teraz wydzierał się już wniebogłosy, robiąc przy tym jaskółkę. – To nie samolot, to nie Superman, to nie Batman, to ja: mistrz świata... Masz może jakąś gotówkę, bo muszę trochę się jeszcze napić...

Wyciągnęła z pliku banknotów pięćdziesiąt dolarów i wręczyła je spragnionemu.

– Tak – krzyknął znowu – jestem, kurwa... Jessie... Jamesem... Zabieram bogatym i daję biednym... w imię rebelii. Przed i po „kurwie" przecinek – dodał po wypełnionym głębokim namysłem ułamku sekundy. – Ja to jestem biedny... A co u ciebie, Kitty? Za kogo się przebrałaś? Za Eskimosa?

– Nie wyglądasz jak Jessie James. Wyglądasz jak hrabia Dracula – wyraziła swoją opinię rozbawiona Urszula.

– Cała Kitty. Jesteś zresztą jak one wszystkie. Jesteś ze mną dlatego, że mam interesującą twarz, że ładnie wyglądam, a nie dlatego, że mam piękne myśli i że ładnie, interesująco mówię, i nie tylko mówię, bo mogę też zaśpiewać.

– My nie jesteśmy już ze sobą. Jest rok...

– Ja cię poderwałem, czyli jesteś moja. To się nie zmieni.

– Ty mnie nie poderwałeś.

– Ty mnie poderwałaś? Sam już nie wiem. Jak to było?

– My po prostu zaczęliśmy ze sobą spać – zdefiniowała genezę ich dawnego związku.

– To była miłość! – zapalił swoim krzykiem światło u sąsiadów Nevilów.

– Jesteś pijany, a ja nie.

– To co? Pijemy? Ja stawiam.

Poszli pić... Pili, pili... Kiedy się ostatecznie napili, dał jej swój przenośny odtwarzacz muzyczny i powiedział, że musi iść. Był jak dziecko, wiedział, że musi iść, wiedział, że idzie, ale nie wiedział gdzie. Dał jej mp3 player, bo był k... Jessie Jamesem, a ona była uboga w hymny. Profilaktycznie więc na swoje nie najwyższe morale zarzuciła muzykę. Jej percepcję przeniknął wartki strumień dźwięków. Piekielnie gorący rytm i trupio zimne słowa: „Zapalam papierosa jakby świeczkę... Robię sobie w głowie wycieczkę... Wyprawiam się z myślami w świat... do ciebie z tamtych lat...".

9. Uśmiechy losu

Zapaliła papierosa i przeszła na drugą stronę ulicy, by paść ofiarą łapanki. Na jej drodze rozgrywała się bowiem akcja promująca nowy zapach z serii popularnych antyperspirantów. Zapach nazywał się Occult Chaos i prezentowany był dość inwazyjnie. Spryskiwaczki, jak można by nazwać zaangażowane w akcję hostessy, pytały przechodniów o pozwolenie, a po uzyskaniu pozytywnej odpowiedzi naciskały przycisk, rozpylając aromatyczną chmurę. Te z poczuciem humoru w kontakcie z przechodniem zamiast słowa „spryskać" używały dwuznacznego „kropnąć". Większość przechodniów godziło się na spryskanie. Lwia ich część wracała właśnie ze znajdującej się nieopodal dyskoteki. Orzeźwiające pryśnięcie należało więc do jednych z wielu rzeczy, których zmęczone upojną nocą ciało potrzebowało.

Patrząc z drugiej strony ulicy, można było ogarnąć wzrokiem wielki billboard, pod którym zbierały się aerozolowe obłoki. Myśli Urszuli skoncentrowały się na wypisanym czerwoną czcionką motcie: „Occult Chaos jest wszędzie. Poczuj, a zobaczysz".

„Kolorowy sznur świateł latarni zgasł na jedno skinienie palca, który jest gdzieś daleko, gdzieś, gdzie znajduje się też przycisk do gaszenia światła" – pomyślała. Zaraz jednak doszła do wniosku bardziej poprawnego, że przecież nie ma żadnego palca i żadnego przycisku. Wszystko jest zaprogramowane i odbywa się automatycznie.

Przypomniała sobie, jak jako mała dziewczynka, podniesiona przez Potwora, gasiła i zapalała wszystkie możliwe światła w domu. Z jej ust wydobywało się wtedy niezwykle pożyteczne z punktu logopedycznego „pstryk".

Zmierzając w swoją stronę, napotkała kolejne kuriozum, które okazało się kluczowe dla przebiegu dalszych wydarzeń.

– Kim pan jest? Tak się pan na mnie patrzy, jakby mnie pan znał – rzekła do siedzącego na krawężniku mężczyzny w garniturze. Przed nim stało pudełko po butach, a w środku migoczące w brzasku monety.

– Przepraszam, ja tak tylko... Wydawało mi się, że potrzebuje pani pomocy. Ma pani taką smutną twarz – usprawiedliwiał się, wyciągając jednocześnie chusteczkę higieniczną z butonierki.

Urszula zaczęła się zastanawiać, czemu ludzie, którzy nie mają już nic, tak często noszą się w garniturach. Czy to z myślą o pogrzebie?

– Nie potrzebuję pomocy, tylko pieniędzy – odpowiedziała, pewna, że na tym skończy się niezręczna sytuacja. Myliła się.

– To wspaniale, że się spotkaliśmy – odrzekł niemal ze łzami, które wyniknąć mogły nie tylko ze wzruszenia, ale także z udrażniania nosa – bo ja jestem filantropem. – Zachowywał się dziwnie, jakby wyczekiwał Urszuli, i to nie od dziś. Spoglądał tęsknie, tak jak spogląda się na ukochaną osobę przed laty pochłoniętą, a teraz wyplutą przez wojnę przeznaczenia z przypadkiem. Jakby ją spotkał po latach niesprawiedliwej rozłąki. – Wyszedłem rano z domu. Usiadłem na krawężniku przy głównej ulicy. I wyjąłem pudełko z pieniędzmi. Były to drobne pieniądze, żeby każdy mógł sobie coś wybrać podług własnej potrzeby. Czekałem długo, aż ktoś zgłosi się po moją pomoc finansową, ale nic z tego. Nikt nie wziął ani centa. Było odwrotnie. Monet przybywało. Nie miałem jednak większych oporów, żeby ten stan rzeczy zaakceptować. W końcu i filantrop musi z czegoś żyć. Ja akurat nie bardzo miałem, więc sama rozumiesz... Robię w tej filantropii od rana do popołudnia przez pięć lat. Proszę na mnie spojrzeć. Jestem niespełnionym frustratem. Bo przez te pięć lat nikt nie sięgnął po moje monety, nikt nie musnął ich nawet palcem. Nie pozwalało mi to osiągnąć choćby najmniejszej satysfakcji z wykonywanej pracy. Byłem przybity, aż do dziś, kiedy spotkałem ciebie.

Filantrop zapytał o wysokość kwoty, jakiej Urszula potrzebowała. Ta podała sumę i poszli razem do nieodległego banku, bo pieniądze z pudełka nie starczały. Kasjerka przywitała filantropa dostojnym uśmiechem, a następnie wypłaciła żądaną sumę. Filantrop przekazując pieniądze Urszuli, dorzucił coś ekstra, tak zwaną *cherry on top*, w tym wypadku były to dwa banknoty o najwyższym nominale, które pokryć miały wynikłe przez niesprawiedliwość tego świata straty moralne i przejazd taksówką. Filantrop był szczęśliwy, że mógł pomóc. Cieszył się, jakby go nie zdjęli, ale jakby sam zszedł z krzyża. Czyjś świat został zbawiony, trzeba było się bawić. Dlatego, chwyciwszy w podskoku jeden z baloników, które spod sufitu chwaliły imię banku, wybiegł beztrosko na ulicę. Nie obejrzał się już za siebie, zostawiając Urszulę samą i oczyszczając tym samym ze złych skojarzeń słowo „sponsor".

Okoliczności nie przestawały sprzyjać Urszuli. Zatrzymująca się przed bankiem taksówka dała wyraz temu, że dziewczyna znajduje się w najlepszym z możliwych toków sytuacji, spowodowanych przez ułożony specjalnie dla niej układ gwiazd.

W niedługim czasie znalazła się pod drzwiami mieszkania chłopaka, który wypominał jej pasożytowanie na jego towarze. Tego, któremu miała oddać pieniądze. W zamian on miał zwrócić jej honor i dobre imię.

Na drzwiach przyczepiona była kartka:

„Nieczynne – wielka depresja".

Urszula usłyszała jakieś kroki za drzwiami, więc mimo wszystko zapukała.

– To ja, Kitty. Otwórz, mam dla ciebie pieniądze.

Słowa te, niczym otwierające wszelkie drzwi zaklęcie, wydobyły jej byłego ze spowitego popiołem po skrętach mieszkania. Stanął przed nią ubrany w szlafrok. Wypowiedziane przez Urszulę zaklęcie nie tylko otwierało drzwi, ale też odczarowywało ludzi z depresji. Były przekroczył próg drzwi, a także granicę swojej melancholii. Działanie antydepresyjne było oczywiście bardziej związane z powrotem pieniędzy niż Urszuli.

– Masz pieniądze?

– Mam – rzekła, przekazując mu plik banknotów i wór monet. – Cierpisz z powodu depresji?

– Tak. Wszystko przez mojego ostatniego dostawcę, który zdecydował się na eksterminację pośredników. Zostałem zaszczuty przez jego goryli i odcięty od towaru, stąd depresja, stagnacja, kryzys. Teraz, kiedy mam trochę pieniędzy, kupię zioło od Meksykanów, więc czuję się lepiej. Dziękuję za troskę. Jesteś w porządku.

– Nie ma za co. Idź do diabła.

10. Szukaj mnie

Odkąd zrzuciła z siebie ciężar długu, czuła błogą lekkość. Jakby na nowo upojona, chociaż przecież trzeźwiejąca po ostatniej libacji, czuła, jak się jej miesza w głowie. O jej aprobatę walczyły teraz dwie koncepcje: wrócić na odwyk i wrócić na odwyk tuż po spotkaniu się z Potworem. Zapaliła papierosa. Skłaniała się ku tej drugiej opcji. Na ulicy gęstniał tłum, wśród którego znalazł się też pewien ksiądz, kolejny wysłannik opatrzności, który przyszedł Urszuli z pomocą. Zatrzymał się obok niej, czyli przy tym samym murku, gdzie wcześniej spotkała dziewczynę-giermka i Verne'a Milesa.

Księża też są ludźmi, czego ten był żywym dowodem, ujawniając wyłom w swojej niezłomności: palił papierosa. Gasząc go, znaczył składający się z dwóch smug znak krzyża, zamieniając swój nałóg w misjonarstwo. Tym razem inicjatywa była po jej stronie.

– Słyszał ksiądz o Fairfield? – zapytała bez wahania.

– Tak, to niedaleko granicy. Pewnie chcesz się tam dostać.

– Właśnie. Jak najłatwiej można się tam dostać?

– Najłatwiej będzie, jak pójdziesz ze mną.

Tak też zrobiła i za chwilę siedziała w towarzystwie kogoś, kto mógł się znajdować w trumnie na pace karawanu, oddzielona oszkloną ścianką od kierowcy i księdza, którzy zajmowali miejsca z przodu. Zgodnie z tym, co mówił duszpasterz, Fairfield było po drodze do celu ich podróży. W trakcie jazdy ciekawość skłoniła Urszulę do otworzenia trumny. Ta okazała się pusta, do czasu kiedy dziewczyna sama się w niej położyła. Było jej o wiele wygodniej. Usnęła.

Wkrótce dotarli na miejsce. Urszula wysiadła dokładnie pod wskazanym przez jej pamiętnik adresem, dziękując dobrym samarytanom, którzy potem pojechali swoją drogą.

Dom formą przypominał książkę. Urszula obeszła go, nie mogąc się dostać do środka. Poziome belki tworzące facjatę wyglądały jak warstwy stronic, tylna elewacja była niczym grzbiet książki, a całość pokrywała obwoluta płaskiego dachu.

Okoliczni farmerzy, zaintrygowani najściem nieznajomej dziewczyny, porzucili swoje zajęcia w polu i najzwyczajniej w świecie się gapili. Z widłami w rękach, nie przekraczając granicy drewnianego płotu. Kiedy zebrało się ich więcej, płot runął. Nikt z szeregu jednak nie wystąpił.

W pewnym momencie wilczek zawył, unosząc pysk w kierunku frontowego okna na piętrze. Ze wzrokiem wbitym w okno nie reagował na przywołującą go Urszulę, która doszedłszy już do wniosku, że dom jest opuszczony, kierowała się ku furtce. Nagle wilk wykorzystując swoje małe gabaryty, przemknął przez znajdujący się u dołu drzwi otwór, przeznaczony właśnie dla czworonogów. Zaniepokojona

Urszula podbiegła do drzwi. Stukając w nie coraz mocniej i na różne sposoby nawołując małego wilka, skupiła na sobie uwagę gawiedzi.

– Wracaj tu. Proszę cię, natychmiast wróć. Bez ciebie stąd nie odejdę.

Wołanie nie przynosiło skutków, a jedynie wzmogło wśród zebranych wyrażający politowanie śmiech. Słowo „wariatka" krążyło między nimi, ciągnąc za sobą tren synonimów. Wilk był nieobecny, więc Urszula mówiła tak jakby do siebie. Gdyby wilk się pojawił, i tak byłaby wariatką, bo kto normalny rozmawia z wilkiem.

Nagle drzwi się otworzyły. W progu stanął dumnie niczym paw „pan domu" w wieku około ośmiu lat. W ręku trzymał dłuższą od siebie strzelbę, która w osobliwy sposób dokumentowała jego męstwo. Strzelba przy bliższych oględzinach nie wyglądała na prawdziwą.

– Przyszłaś się ze mną pobawić w chowanego? – rzekł młody człowiek.

– Może, ale za chwilę... Jest ktoś dorosły w domu?

– Ja jestem dorosły.

– Gdzie są twoi rodzice?

– Nie wiem dokładnie. Tutaj ich nie ma.

– Widziałeś może małego pieska, właściwie wilczka? Wszedł do środka...

– Nikt tu nie wchodził. Raz, dwa, trzy! Szukasz ty! – Wypowiedziawszy znaną Urszuli z dzieciństwa formułkę, pobiegł przed siebie, w kierunku lasu, a za nim Urszula.

Cała reszta rozeszła się po włościach.

11. Persona

Kiedy Urszula odnalazła chłopca w jego dość niestarannie zaaranżowanej kryjówce za jednym z drzew, on zaklinał się, że wcale się z nią nie bawi i że w ogóle go z kimś myli. Próby podjęcia przez dziewczynę tematu celu jej podróży do Fairfield zostały zagłuszone przez chłopca zarzutem, że ona ma „parterowy umysł", no, może co najwyżej „dwupiętrowy". Ona miała się tym jednak nie przejmować, ale wręcz się z tego cieszyć. Kiedy ktoś jej podobny wychyli się przez okno swojego parterowego umysłu i wypadnie, nic strasznego się z nim nie dzieje i za chwilę wraca drzwiami z powrotem na swoje miejsce. Według niego są jednak też ludzie o „umysłach strzelistych". Z górnych okien takich umysłów wypada się bezpowrotnie.

– Mówię o umysłach tak strzelistych jak ten pałac – uzupełnił swoją wizję, wskazując ręką górujący nad pozostałymi zabudowaniami dość zwyczajny budynek, który w istocie pałacem nie był, co nie przeszkadzało chłopcu w dalszym snuciu swojej fantastycznej opowieści. – Pałac, w którym mieszka Persona.

Dawno temu, kiedy chłopiec był jeszcze mniejszym chłopcem, owa Persona odgrywała w jego życiu ważną rolę. Pod nieobecność jego rodziców, którzy wyjeżdżali do pracy do dalekich krajów, powierzany był jej pod opiekę. Pewnego razu Persona odkryła przed chłopcem prawdę, że posiada on złotodajną właściwość, niczym sam kamień filozoficzny. Strugi płynnego złota były idealnym lekarstwem na jej poranione dłonie. Chłopiec nie rozumiał, dlaczego, skoro jego moce są naprawdę lecznicze, nie może ich zmaterializować, umieścić w słoiku po syropie i postawić na półce z innymi lekarstwami. Persona była jednak nieugięta. Tylko strugi świeżej mocy dają pożądane efekty – tłumaczyła dość przekonywająco, bardzo tych efektów pożądając. Potrafiła dostrzec zaklęte w mocy piękno i ukojenie, to samo, które fascynowało najbardziej znanego i niepopularnego z Austriaków.

Gdy skierowano go do szkoły, nie potrafił miotać swoimi mocami w odgórnie przydzielonych mu sektorach. Nie pozwalał się całować nauczycielkom na zakończenie roku. Powoli zapominał, co było tego przyczyną. Po wyparciu wspomnień z Personą w roli głównej pochłonęły go znowu ucieczki w głąb siebie. Konstruował psychonautyczne wehikuły, które w podświadomej żegludze penetrowały jego id w poszukiwaniu zaginionej praprzyczyny.

Później wpadła mu w ręce pewna książka z tajemniczymi podkreśleniami, które szybko powiązał z osobą swojego nieżyjącego ojca. Do jego jaźni stopniowo docierał zaszyfrowany przekaz. Zaczął sobie wszystko przypominać, systematyzując swoje koszmary. Od zaginionego w pościeli klocka Lego, bez którego nie dało się zbudować pirackiego statku, do wielkiej, znalezionej w piwnicy płyty grającej, z której drobinka po drobince odgarniał kurz zapomnienia. Poprzez podszepty w ciemności po krzyk w fatalnym olśnieniu.

Teraz, kiedy on i Urszula wyszli z lasu, wskazywał jej to „straszne zamczysko" otwartą dłonią, bo uczyli go, żeby palcem niczego nie pokazywać. Następnie pożegnawszy się z Urszulą, odszedł w kierunku posępnego zamczyska, gdzie nadal stacjonowała potężna Persona.

Chłopiec sam nie wiedział, czemu ciągle tam wraca. Chyba tylko po to, żeby usłyszeć jedno, podobno magiczne, słowo. Ale czy słowa mogą być magiczne? Właściwie był już wolny od nienawiści. Bo nienawidzić Persony znaczyło w jego przypadku to samo co nienawidzić siebie.

Z nieba spadł rzęsisty deszcz. Zgasił wciąż żywe kolory pory mijającej. Następnie z nieba spadł śnieg, więcej śniegu. Pokrył skazane tylko na hibernację, a nie na zmarnowanie, kłaniające się korzeniom trawy. Bez nich krajobraz zrobił się biały jak niezapisana kartka.

KONIEC